쉿, 고요히

초판 1쇄 발행   2020년 6월 10일

지은이 박영란
펴낸이 정혜숙   **펴낸곳** 마음이음

책임편집 여은영 **디자인** 김세라
등록 2016년 4월 5일(제2016-000005호)
주소 03925 서울시 마포구 상암동 1602 문화콘텐츠센터 5층 6호
전화 070-7570-8869 **팩스** 0505-333-8869 **전자우편** ieum2016@hanmail.net
블로그 https://blog.naver.com/ieum2018

ISBN 979-11-89010-22-5 43810
       979-11-960132-5-7 (세트)
CIP2020020167

쉿, 고요히

박 영 란

누가 나에게 꿈이 무엇이냐고 물어보면 나는, 절대 유명 인사가 되지 않겠다고 대답한다. 이런 걸 꿈이라고 할 수 있을지 모르겠지만 아무튼 내 꿈은 그렇다. 꼭 뭐가 되겠다는 꿈만 꿈이 아니라, 절대로 뭐가 되지 않겠다는 꿈도 꿈이라는 것을 사람들이 이해해 줬으면 좋겠다.

사라인선 언니는 지금처럼 유명 인사가 넘쳐 나는 세상에서는 유명 인사가 되는 것이 오히려 시시한 일이라고 했다. 사라인선 언니는 내가 존경하는 사람이지만 꿈에 대해서만큼은 약간 사치스러운 견해를 가진 것도 사실이다. 나는 시시하지 않기 위해 유명 인사가 되지 않겠다고 한 것이 아니다. 유명 인사가 되겠다는 말은 시시하다기보다는 너무 단순해서 제도 샤프나, 컴퓨터용 사인펜이나, 손톱깎이가 되겠다는 말처럼 들린다. 그래서 싫다는 것이다.

무니가 울기 시작한다. 무니는 자명종 닭이다. 구별 없이 시계로 불리는 것이 불쌍해서 내가 생각나는 대로 붙인 이름이지 별다른 뜻은 없다. 아침밥을 굶지 않으려면 무니가 울어 줄 때 일어나는 게 좋다. 몇 달 전 같으면 마실 우유라도 있었지만, 지금은 우유도 끊겼기 때문에 아침밥을 꼭 먹으려고 노력한다. 사라인선 언니가 깨우기 전에 일어나서 유리도 녹슬게 할 만큼 시큼한 수돗물에 세수하고 이도 닦는 게 낫겠다.

나와 침대를 같이 쓰는, 정확히 말하면 두 칸 침대에서 이층을 쓰는 연서블랑카는 아직 자고 있다. 이를 닦고 나서 깨울 생각이다. 연서블랑카를 깨우거나, 아떼 디엠이 거실 한가운데 던져 놓은 거대한 빨래 바구니에서 사라인선 언니의 옷을 골라 옷장에 정리해 두는 나의 행동은 사라인선 언니를 도와주는 셈이 되는 모양이다. 어쨌든 우리 방은 사라인선 언니가 대장이니까.

그래서인지 사라인선 언니는 학교에서 돌아올 때 가끔 이스트 냄새가 풍기는 식빵이나 필리핀 라면 깐톤을 사다 준다. 아니면 파세오 상가로 물건을 사러 갈 때 나를 데리고 나가는 것으로 보답해 준다. 나는 혼자 빌리지 밖으로 나가는 게 금지되어 있기 때문에 이런 식으로라도 외출하는 것은 나에게 아주 중요한 일이다.

한쪽 귀퉁이가 노릇노릇하게 구워진 멜라민 식판에 깍두기처럼 썰린 노란 파파야를 두 국자 퍼 올리는 시간이면 내가 외롭다는 사실을 잠깐 잊을 수 있어서 좋다. 삼십 명이 넘는 유학생, 하숙집 주인 제임스, 제임스의 부인인 사모님, 다섯 명이나 되는 아떼들, 필리피노 운전기사 두 명까지 우글거리는 사이에서 외롭다고 하면 누군가는 웃을지도 모르지만 이건 말로 다 설명할 수 없는 영혼에 관련된 문제라서 트집을 잡으면 안 된다. 아무튼 본인이 외롭다면 외로운 것이다.

사모님이 초콜릿 우유 1리터짜리 한 통을 내 식판 옆에 갖다 놓는다.

"지난번에 우유값 계산하다 보니까 한 개가 빠졌더라. 네 계산에서 빠진 거니까, 이건 네가 마실 수밖에 없네?"

이곳에서는 아무 이유 없이 남에게 친절을 베풀거나 함부로 동정하는 일은 금기다. 친절이나 동정을 남용하는 일이 얼마나 위험한 일인지 겪어 보지 않으면 모른다. 만일 사모님이 오늘 나에게 준 초콜릿 우유가 친절이나 동정이라면 좋지 않은 예를 만든 거나 마찬가지다. 한마디로 여기 유학생들에게 만만하게 보인다는 말이다. 당장 다음 식사 시간부터 자기도 공짜 우유를 달라고 요구하는 아이들이 생겨날 테니까. 아무리 사모님이 인심이 좋은 사람이라도 삼십 명이 넘는 아이들 우유를 다 동정해 줄 수는 없는 일이다. 그래서 동정이나 친절에도 명분이 필요한 곳이 여기 산타로사 빌리지다.

오늘 나에게 우유를 동정해 주는 사모님의 명분은 계산 착오를 바로 잡자는 것이다. 사모님이 제임스보다 똑똑하고 부지런하다는 사실이 이런 작은 일에서 드러난다. 사모님은 자신의 명분도 세우고 내가 거리낌 없이 우유를 받아도 될 이유를 찾아낸 것이다. 아마 제임스 같았으면 이런 귀찮은 짓은 결코 하지 않을 것이다.

키도 작고, 뚱뚱하고, 영어는 잘 안 되고, 어떤 옷을 입어도 촌스럽지만 사모님이 내게 찡긋 눈인사를 하고 가는 모습은 정말 근사하다. 예쁘다는 이차원적인 범위를 넘어서 거의 사차원에 가까운 모습이 순간적으로 발현된다. 우리 엄마가 선망하는 국제변호사나 외교관보다는 사모님 같은 사람이 더 근사해 보이는 순간이다. 하지만 내 마음속은 사모님의 배려만큼 간단하지가 않다. 어쨌든 동정을 받고 있는 처지가 바뀌는 것은 아니니까.

버려진 아이.

생활비가 안 오는 아이.

이런 꼬리표를 달고 다니는 처지를 생각하면 나는 더 외로워진다. 그래서 오늘 아침도 과식하게 되고 말 것이다.

사실, 열세 살에 버려진다는 것은 좀 웃기다. 세 살이나 일곱 살도 아니고 곧 열네 살이 될 나이에 말이다. 열셋과 사분의 삼이라는 나이는 어디에 버려지든 집을 찾아갈 수 있는 나이라서 버려졌다는 말이 더욱 우습다. 그런데 찾아갈 집이 사라져 버리면 열세 살 사분의 삼 나이도 집을 찾을 수 없게 되고 만다. 웃기지만 웃을 수 없는 일이다.

미용실을 몰래 팔아넘기고 튀어 버린 엄마를 사람들은 '나쁜 년', '사기꾼'으로 생각하겠지만 나는 그렇게 생각하고 싶지 않다. 엄마에게 설명하기 어려운 사정이 생겨서 잠시 연락을 끊었을 수도 있기 때문이다.

엄마는 나를 잘 키우고 싶어 한 사람이다. 그래서 내가 여기 마닐라까지 유학 와 있는 것이다. 그런 엄마가 연락을 끊고 생활비도 보내지 않을 때에는 틀림없이 말 못할 사정이 생겼다는 뜻이다. 엄마와 나는 모녀 관계라서 남들은 알지 못하는 어떤 느낌이라는 게 있다.

제임스도 의리가 아주 없는 사람은 아니다. 생활비 송금이 끊기고 나서도 내가 두 달 동안 학교에 다닐 수 있도록 배려해 주었으니까. 여기 라구나 마닐라에서 제임스는 내 보호자이기 때문에 나를 먹이고, 교육시키고, 안전하게 생활하도록 돌봐 줄 책임이 있다. 하지만 생활비도 오지 않는 아이를, 보호자와 연락도 되지 않는 아이를 두 달 동안이나 학교에 보내 주는 일은 아무나 할 수 있는 일이 아니다. 내가 다니던 '라구나 벨 에어'는 사립이라서 학비가 꽤 비싸다는 것을 알아 두길 바란다.

제임스가 의리를 지킨다고는 하지만 생활비가 안 오고 엄마와 연락도 되질 않자 나를 학교에 보내지 않기로 결정한 점은 약간 아쉽다. 하지만 유학생들을 상대로 하숙집을 운영해서 먹고사는 제임스로서는 어쩌면 당연한 결정이다.

제임스가 나를 자기 방으로 불렀을 즈음에는 나도 마음의 준비가 되어 있었다. 제임스가 어떤 말을 하든 절대로 반감을 드러내지 않을 준비 말이다. 제임스의 말투는 빨라서 신경을 곤두세우지 않으면 말꼬리를 놓치기 쉽다. 하지만 나는 제임스의 목소리를 부드럽고 친절한 인터넷 영어 강사의 강의 소리로 해석해 들었다. 이 방법은 아주 간단하다.

마음먹기 나름이니까!

나를 불러 놓고는 (그때 나는 아주 당당하게 서 있었다.) 뒤틀린 창틀과 창문을 제대로 맞추어 보겠다고 억지를 부리던 제임스의 모습이 안쓰럽기까지 했다. 그래서 더욱 반감 같은 것을 드러낼 필요가 없었다. 생활비 때문에 고통당하는 쪽은 내가 아니라 제임스라는 게 분명해졌기 때문이다.

나는 아, 그, 저로 말하는 제임스의 화법에서 그의 난처한 입장을 충분히 이해했다. 제임스 같은 어른이 나 같은 열세 살짜리 아이에게 더 이상 학교에 다닐 수 없다는 것을 통보하려 했을 때 이를 두고 얼마나 고민했는지 느껴졌기 때문이다. 사실 제임스는 오래 참은 셈이다.

작년에도 산타로사 빌리지에 있는 다른 하숙집에 나처럼 생활비 송금이 끊긴 아이가 있었다. 그 하숙집 주인은 그 애를 당장 학교에 보내지 않은 것은 물론 밥 먹는 양까지 간섭하다가 나중에는 필리핀 가정부가 하던 집안일까지 시켰다는 소문이 돌았다.

그런데 제임스는 학교에 그만 다녀야 한다는 말을 내게 죄를 고백하듯 겨우 했다. 오히려 내 쪽에서 제임스의 곤란한 처지를 이해할 수밖에 없었다. 학교는 물론 오후에 오는 개인 영어 가정 교사도 끊기고, 일주일에 한 통씩 마시던 고단백 초콜릿 우유도 끊겼지만 나는 다 수용했다.

내가 제임스의 사정을 이해하자 제임스도 생활비 송금 문제로 나를 괴롭히지 않았다. 눈빛도 기억나지 않는 아버지 전화번호를 추궁한다거나 친척들 연락처를 대라고 하지 않았다. 그것만 해도 얼마나 살 만한지 모른다.

대신 나는 하루에 세 번 식사 시간에 제임스 앞에 나타나서 얌전히 지내고 있다는 것만 보여 주면 되었다. 생활비가 오지 않는다고 해서 나를 쫓아내거나 굶길 수는 없는 일이다. 나는 미성년자 보호법 같은 것으로 보호 받을 수 있는 나이라고 사라인선 언니가 말해 줘서 알고 있다. 내가 잘못되면 제임스 인생도 별수 없이 꼬이게 되는 것이다. 제임스는 내 보호자가 될 사람을 찾아내어 밀린 생활비를 받고 나를 돌려보내려 할 것이다. 그 날까지 나는 얌전히 지내면 된다. 내 항공 티켓은 돌아갈 날짜가 정해진 왕복 티켓이라서 어차피 돌아가게 되어 있다. 그때까지 나는 내 마음대로 시간을 보내면 되는 것이다. 단, 여기 산타로사 빌리지를 벗어나면 안 된다.

하지만! 내가 제임스와 엄마의 사정을 이해할 줄 아는 사람이라고 해도 아이들을 태우고 지나가는 '라구나 벨 에어' 스쿨버스를 보는 일은 쉽지 않다. 두 달 전에는 나도 풍뎅이 같은 저 노란 스쿨버스를 타고 학교에 갔었다.

내가 라구나 벨 에어라는 사립학교를, 저 라구나 언덕에 있는 싸구려 공립학교보다 더 사랑해서 이런 마음이 드는 거냐면 그건 아니다! 라구나 벨 에어가 쓸모 있는 경우는 사립학교에 다닌다는 체면을 세워 줄 때가 전부다. 라구나 벨 에어는 싸구려 공립학교가 가지고 있는 것들은 아무것도 가지고 있지 않다. 비싼 사립학교라는 명성만 있을 뿐.

그 명성 때문에 언덕의 공립학교처럼 거대한 망고나무 숲도 없고, 지평선을 내려다볼 수 있는 언덕도 없는 라구나 벨어에 다니는 것에 다들 자부심을 갖는다. 하지만 모두 라구나 벨 에어를 마음에서 우러나 사랑하는 것은 아니다.

지금 내가 노란색 스쿨버스를 보면서 고통을 느끼는 이유는 이제 나는 학교에 다니지 않는다는 사실, 그것 한 가지뿐이다. 절대 라구나 벨 에어 때문이 아니다! 만일 제임스가 다시 학교에 보내 주겠다고 한다면 나는 저 언덕에 있는 공립학교에 보내 달라고 할 것이다. 절대 라구나 벨 에어로 보내 달라고 하지 않을 것이다.

학교 문제는 엄마라도 마찬가지다. 오늘이라도 엄마가 전화를 해 오고 서울에서 생활비가 송금되어 올 수도 있다. 그러면 엄마는 매연에 찌든 저지대의 빌리지들 틈에 끼여 답답하기만 한 사립학교, 라구나 벨 에어에 나를 다시 보내 달라고 제임스에게 요청할 것이 분명하다.

엄마는 내 교육에 신경을 많이 쓰는 사람이다. 그래서 내가 성인이 되면 엄마처럼 미용사가 아니라, 외교관이나 국제변호사 같은 폼 나는 직업을 가지길 바라는 사람이다. 엄마는 내가 『여성중앙』이나 『우먼센스』 같은 월간지 인터뷰 기사에 나오는 유명 인사처럼 근사하게 성공해서 이런 잡지에 한번 나오게 하는 게 일생의 꿈인 사람이다.

미용사가 키운 딸, 국제변호사로 성공하기까지!

이런 제목을 달고 엄마와 나, 둘이 다정하게 찍은 사진이 큼지막하게 실린 잡지를 미용실 손님들에게 자랑하고 싶어 하는 사람이 바로 내 엄마다. 그런 엄마가 언덕의 공립학교는 안 되고 저지대의 사립학교 라구나 벨 에어로 가야 한다고 우길 경우에만 나는 못 이기는 척하고 엄마 의견에 따를지도 모른다.

아무튼, 나는 우리 엄마가 내 마음에 쏙 드는 것은 아니지만 나한테는 세상에 하나뿐인 엄마라는 것을 알고 있다. 그래서 엄마 의견에 반항하는 일은 되도록 하지 않을 거다. 라구나 벨 에어는 그런 경우에만 선택할 것이다. 결코 내가 마음으로 먼저 선택하지는 않을 것이다. 그리고 내 마음속에는 거대한 망고나무 숲이 우거진 언덕에 있는 공립학교를 담아 둘 것이다. 망고나무 잎사귀들이 바람에 쓸려

싸, 싸, 싸―.

소리를 내면서 흔들리는 모습을 엄마도 한번 봐야 할 텐데! 허리에 붉은 상처가 깊게 파인 망고나무들이 얼마나 멋지게 버티고 서서 바람을 날려 보내는지 엄마도 한번 봐야 할 텐데!

싸, 싸, 싸―.

14

싸, 싸, 싸아—.

망고나무 잎사귀들이 일제히 바람에 몰려 나가는 소리를 엄마도 한번 들어 봐야 할 텐데!

라구나 언덕의 망고나무 숲에 엄마도 한번 가 봐야 할 텐데!

그러면 엄마도 힘든 일이 생길 때마다 전화번호를 바꿔 버리는 짓은 하지 않을 텐데, 그까짓 전화번호 하나 바꾼다고 인생이 달라지는 것이 아니라는 것을 알아챌 텐데.

나 혼자! 학교는 가지 않고 커다란 초콜릿 우유를 들고 할 일도 없는 모넷가로 돌아가자니 한심하다는 생각이 든다. 데니슨가 12번지에 한번 가 봐야겠다. 그 집 마당에 서 있는 두리안나무를 구경하다 보면 눅눅한 기분이 좀 파삭해질지도 모른다.

두리안나무 세 그루가 마당을 뒤덮고 있는 데니슨가 12번지에는 필리피나 아줌마와 에스파냐 시인 아저씨가 산다. 검은테 안경을 쓰고 흰 셔츠를 입고 천식 걸린 노인처럼 쿨쿨거리는 자주색 차를 끌고 다니는 에스파냐 아저씨를 왜 사람들이 시인이라고 하는지 모르겠다. 내가 보기엔 시인처럼 생기지 않았다. 하여튼 미닫이 격자창으로 들여다보이는 그 집 일층 거실이 온

통 책으로 가득한 것을 보면 책과 관련된 일을 하는 것은 맞는 것 같다.

사람들이 에스파냐 아저씨를 시인이라고 생각하는 데는 몇 가지 이유가 있는 것 같다. 아저씨의 부인인 아줌마를 보면 알 수 있다. 유독 엉덩이만 강조된 아줌마 몸을 보면 시인이 아니고서는 아름답게 여기기 힘들다는 생각을 누구나 한다. 물론 나는 엉덩이 크기로 사람을 판단하지 않는다. 게다가 아줌마 피부는 낙타색에 가깝다. 여기 필리피나들은 흰 피부를 선망한다. 그런데 시인의 부인인 아줌마는 필리피나가 가지고 태어날 수 있는 피부 중 가장 검은색을 가지고 태어난 운 없는 사람이다. 기형적일 만큼 커다란 엉덩이에 황인종으로는 가장 검은 피부를 가진 아줌마를 사랑하려면 시인이 아니면 힘들다는 생각이 든다.

다음 이유는 그 집 마당이다. 산타로사 빌리지의 집들은 거의 정원을 가졌다. 사람이 살지 않는 빈집 정원을 빼고 다른 집 정원들이 잔디와 키 낮은 꽃나무와 덩굴 식물로 장식되어 있고, 여러 색의 장미와 스네이크 트리와 야자수와 파파야나무와 철제 장식으로 울타리를 둘렀다.

그런데 시인 아저씨네 집은 울타리가 없다. 정원이랄 수도 없는 마당에 두리안나무 세 그루가 아무렇게나 버티고 서 있다. 두리안나무가 하늘을 가려 버린 통에 바닥은 잡초도 자라지 않는 맨땅이다. 다른 집 정원처럼 예쁘게 꾸민 흔적이 전혀 없다.

아줌마는 두리안나무 사이에 주황색 빨랫줄을 묶어 놓고 트렁크 팬티며 낡은 꽃무늬 원피스와 자주색 브래지어까지 죽 널어놓는 것이다. 산타로사 빌리지를 둘러보면 이렇게 막무가내식 정원은 이 집뿐이다. 그래서 사람들은 시인이 아니고서는 도저히 하지 못할 일을 서슴없이 하는 에스파냐 아저씨를 시인으로 생각할 가능성도 있다.

또 이 집 마당에는 성질 고약한 닭 한 쌍이 병아리들을 몰고 다닌다. 누군가 뛰어가기라도 하면 병아리를 잡으려는 줄 알고 날지 못하는 독수리처럼 달려온다. 구석에 처박힌 녹슨 세탁기 위는 줄무늬 고양이 차지다. 많던 병아리 수가 한두 마리씩 줄어드는 것을 보면 고양이가 의심스럽기는 하다. 하지만 고양이가 병아리를 잡아먹는 현장을 보지 못한 나는 무턱 대고 고양이를 의심할 생각은 없다. 하지만 저 고양이와 한집에 사는 것 때문에 닭 부부의 성질이 점점 더 고약해지는 것만은 확실해 보인다.

하여튼 다른 집 정원에는 없는 것들이 이 집 마당에는 있고, 다른 집 정원에는 꼭 있어야 하는 것들이 이 집 마당에서는 완전히 무시된다. 이렇게 성의 없는 이 집 마당에 있는 두리안나무 여기저기에는 커다란 수박만 한 두리안부터 참외만 한 두리안까지 다양하게 혹처럼 매달려 있다.

이 집 마당가에 서면 우스우면서도 근사한 개그맨을 밀림 한 가운데서 만난 것처럼 마음이 풀린다. 그래서 나는 데니슨가 12번지 마당을 '나의 고독한 두리안나무 숲'으로 정해 두고 시간 날 때마다 와서 둘러보는 것이다.

잊지 말아야 할 것은, 지금 시간이면 내 또래의 아이들은 모두 학교에 있다는 사실이다. 서울에서 엄마와 살 때는 생활비가 떨어져도 학교는 갈 수 있었다. 여기서는 그렇지가 않다. 돈이 송금되어 오지 않으면 모든 것이 정지다. 나의 연약한 인생이 정지해 버리지 않은 것이 다행일 정도로 학교, 가정 교사, 간식, 친구, 휴지, 치약, 그 모든 것이 끊겼다. 내가 눈치 보지 않고 쓸 수 있는 것은 수돗물이 전부인 것 같지만 수돗물도 돈을 내야 하기에 제임스의 눈을 피해 가며 써야 한다.

이러한 사정을 짊어진 내가 두리안나무 숲을 보러 왔다는 것이 중요하다는 것을 다시 말해 두고 싶다.

내가 특별히 마음을 주고 있는 두리안 열매는 나뭇가지가 아니고 나무둥치에 매달려 있다. 땅에서 1미터쯤 올라간 나무 허리에 불쑥 매달려 있는 모양이 장식용 가짜 열매 같다. 하지만 나는 저 두리안이 가짜가 아니라는 것을 안다. 지금은 수박만큼 크지만 처음 봤을 때는 복숭아만 했다.

두리안을 먹어 보지는 않았지만 맛은 예의가 없다는 말은 들었다. 발 고린내가 난다는 것을 보면 친절한 과일은 아닌 모양이다. 그래서 더 마음에 든다. 마냥 달콤하기만 한 과일을 보면 시시하다는 생각이 든다. 나는 뭔가 성격을 드러내는 과일이 좋다. 쏩쓸하다거나, 떫거나, 시큼하거나 해서 쉽게 친해질 수 없는 과일들 말이다.

하지만 저 두리안을 먹고 싶은 마음은 없다. 순수하게 말하자면 못생긴 저 과일을 아무 이유 없이 그냥 좋아해 주고 싶은 마음뿐이다.

빵빵하게 부풀어 오르는 초콜릿 우유 통을 들고 자기를 보는 나를 두리안이 의식하고 있는 것 같다. 두리안과 나는 지금 서로 속을 떠보는 중이다. 나는 슬며시 우유를 뒤로 숨길 수밖에 없다. 내가 초콜릿 우유 한 통에 울고 웃는 사람이라는 것을 두리안에게 들키기 싫어서다.

파란색 큼지막한 꽃무늬 원피스를 입은 아줌마가 나온다. 나와 눈이 마주치자 인사한다.

"하이."

나는 따갈로그를 모르고, 아줌마는 영어를 잘 모르고 한국어는 아예 모르니, 우리는 대화를 나눌 수 없다. 내가 아는 따갈로그라고는 라구나 벨 에어에서 배운 '뿌땅이나무' 정도다.

'뿌땅이나무'라는 말은 '네 엄마 창녀'라는 욕이다. 아무리 서로 할 말이 없어도 이런 말은 할 수 없다. 아줌마 엉덩이가 크긴 하지만 엉덩이가 크다고 아줌마에게 네 엄마 창녀라는 욕을 해서는 안 된다. 나와 아줌마는 여자이기 때문에 창녀라는 욕이 여자에게 어떤 기분이 들게 하는지 잘 알고 있다. 나도 곧 열네 살이 될 것이고 몇 달 후면 중학교에 가야 한다. 그러면 창녀라는 욕이 인간에게, 그것도 인간 중에서 여자 인간에게 어떤 의미인지를 더욱 확실히 알게 될 것이다.

아줌마는 빨래를 널 모양이다. 빨랫줄을 걸레로 죽 닦아 낸다. 아줌마가 키우는 사나운 닭 두 마리와 병아리들이 이웃집 정원 생나무 울타리 틈새로 한 마리씩 빠져나온다.

에스파냐 시인 아저씨는 집에 없는 모양이다. 나는 아줌마가 빨래 너는 일을 방해하지 않으려고 조용히 나의 고독한 두리안나무 숲 앞을 지나간다.

두리안나무 집에서 두 집 건넛집인 데니슨가 14번지에는 한국 아줌마가 산다. 그 아줌마를 나는 데니슨 아줌마라고 한다. 데니슨 아줌마는 산타로사 빌리지에 사는 한국 사람들 중에서 내가 가장 점수를 높게 준 사람이다.

데니슨 아줌마에게 높은 점수를 준 이유는 아줌마가 한국 아이들을 상대로 돈을 버는 사람이 아니라는 데 있다. 데니슨 아줌마는 딸 둘을 보살피기 위해 여기 와 있는 사람이다. 집도 넓고 방도 많은 집이라서 아줌마가 마음만 먹으면 얼마든지 한국인 유학생을 받을 수 있을 것이다. 그런데 데니슨 아줌마는 그렇게 하지 않았다. 나는 그것이 굉장히 품위 있어 보인다. 돈 말고 다른 가치가 데니슨 아줌마에게는 있는 것 같다.

데니슨 아줌마는 독일산 승용차 볼보와 두 딸을 가졌다. 아주 멋진 모래색을 가진 승용차 볼보에 대해서는 잘 모르지만 아줌마의 두 딸인 대학생 언니들에 대해서는 소문을 들은 적이 있다. 두 언니는 필리핀 국립대학에 다니며 치과 의사가 될 거라고 했다. 이 언니들은 너무 바빠서 잘 만날 수 없다는 단점이 있기는 하다.

나는 데니슨 아줌마의 차에 타 본 적도 있다. 내가 라구나 벨에어에 다닐 때였다. 하루는 스쿨버스를 놓치고 말았는데 아줌마가 나를 학교까지 태워다 주었다.

스쿨버스를 놓치면 제임스에게 잔소리를 듣는다. 제임스는 시간을 안 지키는 것을 가장 싫어하는 데다 아침 식사 중인 필리피노 운전기사를 귀찮게 해야 하기 때문이다. 제임스에게 야단맞는 일을 피하게 해 준 아줌마에게 고마운 마음으로 차에 탄 것이다.

그때 나는 처음으로 회색 가죽이 얼마나 부드럽고 냄새가 좋은지를 알았다. 은근한 광채가 나는 가죽 의자에 앉아서 살펴본 아줌마는 볼보보다 더 멋지면 멋졌지 덜하지는 않았다. 특히 피부가 굉장했다. 정말 기막힌 색이었다. 어려 보인다거나 투명하다거나 하는 기준으로는 설명할 수 없는 광채가 도는 피부였다. 언니들 식으로 말하자면 바로 '물광' 피부다. 사실 나는 어린애들의 보송보송한 피부보다 데니슨 아줌마처럼 노력으로 얻은 피부를 더 좋아하기는 한다.

나는 아줌마가 쓰는 화장품이 어느 회사 제품일지 물어볼까도 했다. 엄마에게 알려 주려고 말이다. 하지만 그런 질문은 멋진 아줌마에게 너무 몰상식한 짓으로 받아들여질 것 같기도 하고, 유명 회사 화장품이라면 엄마가 읽는 여성 잡지 광고에 나올 것이니 엄마도 알고 있을 거라는 생각에 질문하지 않기로 했다.

지금 생각해도 그때 결정은 옳았다. 하여튼 그 날 아줌마한테서 풍기던 화장품 향기는 내가 맡아 본 화장품 향기 중에서 가장 근사했다.

나는 인간 세상에 데니슨 아줌마처럼 사는 사람이 꼭 필요하다고 생각한다. 나처럼 싸구려 미용사 딸이나, 제임스처럼 죽자고 돈을 버는 일에만 매달리는 사람이나, 그런 제임스를 믿고 한집에 열 명씩 우글거리면서 유학하는 아이들에게 어떻게 사는 것이 품위 있는 삶인지를 보여 줄 수 있기 때문이다.

나의 간절한 마음이 데니슨 아줌마네 현관문을 열리게 했는지 문이 활짝 열리면서 아줌마가 나타났다. 나는 아줌마와 눈이 딱 마주치는 바람에 깜짝 놀랐다. 아줌마는 내가 자신이 후원하는 케냐의 한 소녀라도 되는 양 친절하게 웃어 준다. 활짝 웃는 것 같으면서도 이는 하나도 안 보인다.

데니슨 아줌마는 날씬한 허리를 아주 약간씩 비틀면서 걷는데 나는 이런 걸음걸이를 세상 어디서도 본 적이 없다. 한마디로 아주 섹시하다. 아줌마의 세련된 태도에 짓눌린 나는 들고 있는 초콜릿 우유를 뒤로 감출 수밖에 없다.

아줌마가 자주 들고 다니는 악어아랫배무늬 백에서 뭔가를 꺼낸다. 초록색 알 두 개가 반짝거리는 선글라스다. 검은 초록색 유리알 두 개가 아줌마 얼굴 절반을 가려 버린다. 아줌마는 좋은 역할만 맡는 영화배우 같다. 어쩌면 아줌마는 서울에서 진짜 영화배우였는지도 모른다. 선글라스가 저렇게 잘 어울리는 걸 보면. 언젠가 기회가 되면 아줌마가 영화배우였는지 아닌지 꼭 물어볼 생각이다.

"학교 안 가니?"

아직 내 소문을 듣지 못했는지, 모르는 척하는 건지, 아줌마가 묻는다.

"어쩌다 보니 그렇게 됐어요."

"언제 과자 먹으러 올래?"

"언제요?"

"아무 때나."

"이따가 밤에 와도 돼요?"

"그래, 여덟 시쯤이 좋겠다."

"만일 오늘 못 오면 다음에 저녁 여덟 시에 오도록 할게요."

"그러렴."

드디어 아줌마의 관심을 받게 된 것이다. 게다가 초대까지 받았다. 여기 산타로사 빌리지에서 데니슨 아줌마의 초대를 받은 아이는 내가 처음일 것이다. 아줌마가 보는 앞에서 기쁜 마음을 들키지 않으려고 일부러 이 정도 초대쯤이야 나에게 별다른 일도 아닌 듯 서 있으려 했지만 힘들다.

나를 초대해 준 것에 대한 답례로 아줌마의 볼보 자동차가 데니슨가를 완전히 빠져나갈 때까지 손을 흔들어 주었다.

볼보가 사라지자마자 나는 집을 향해 뛰었다. 오랜만에 생긴 '약속'을 잊지 않으려면 빨리 방에 들어가서 표시를 해 두어야 한다는 생각뿐이었다.

막상 내 방이 있는 모넷가 28번지에 들어오니 이런 시간에 집 안에는 아뗴 로자와 청소를 도와주러 온 아뗴 실리와 나뿐이라는 현실이 기다리고 있다. 갑자기 가슴속에 쌓여 있던 벽돌들이 허물어져 내리기라도 하듯 맥이 풀린다.

나는 더위에 지친 고릴라처럼 걸어가서 냉장고 문을 연다. 냉장고에는 사모님이 아이들 이름을 꼼꼼히 써 놓은 초콜릿 우유통들이 줄줄이 꽂혀 있다. 어떤 것은 반쯤 마셨고, 어떤 것은 아직 뚜껑을 따지도 않았다. 그 옆에 내 우유를 꽂아 넣는다.

냉장고에 무언가 내 것이 있다는 사실에 기분이 약간 우쭐해진다. 조금 전처럼 아주 죽을 맛은 아니다.

문제는 기분이 아니라 시간이다. 죽을 맞이 드는 기분은 냉장고에 든 내 초콜릿 우유를 생각하면서 달랠 수 있지만, 내 또래 아이들은 물론 나보다 훨씬 어린 아이들도 학교에 가 있을 시간에 혼자 보내야 하는 것이 문제이다.

혼자 보내는 시간이 두려운 건 엄마가 자꾸 떠오르기 때문이다. 엄마는 나를 훌륭하게 키우고 싶어 했다. 정말이다. 엄마가 나를 잘 키우고 싶은 생각이 없었더라면 유학까지 보내지 않았을 것이다. 말했다시피 엄마는 동네 미용실 미용사였다. 동네 미용실의 미용사가 딸을 다른 나라로 유학 보낼 만큼 많은 돈을 번다고 믿는 사람은 많지 않을 것이다. 엄마는 '헤어 쇼' 같은 대회에 나가는 창의적인 미용사가 아니라 배운 대로밖에 할 줄 모르는 아주 평범한 미용사다. 이 사실이 아주 중요하다.

내가 생각하기에 엄마는 미용사를 하기에는 아까운 측면이 있다. 엄마의 독서 집중력을 보면 그렇다. 엄마는 손님이 없는 시간에는 여성 잡지를 읽었다. 엄마가 잡지를 읽는 법은 다른 사람들처럼 슬슬 넘기면서 대충 사진만 보는 것이 아니라 아주 꼼꼼히 읽는다. 특히 잡지에 나오는 유명 인사의 인터뷰 기사를 집중해서 읽었다. 엄마가 잡지를 펼쳐 들고 진지하게 읽는 모습을 보면 정말 대학 교수처럼 보인다. 그렇게 신중하게 읽은 잡지의 기사들이 엄마의 사상을 만들어 주었다. 엄마는 잡지에 나오는 유명 인사들이 가르쳐 준 대로 살았다. 아무래도 유명 인사들이 보통 사람들보다 뭔가 더 나으면 나았지 못하지는 않을 것이기에 유명 인사들이 하라는 대로 따라하는 엄마가 동네 아줌마들에게 존경을 받을 수밖에 없다는 생각이 든다.

젊은 아줌마건 나이 많은 아줌마건 마무리는 꼭 엄마가 만져 주어야 만족하는 것을 보면 엄마에게 영향을 미친 유명 인사들이 괜히 유명 인사가 아니라는 것을 알 수 있다.

다시 말해, 동네에 미용 의자 세 개에다 보조 한 명을 둔 미용사의 딸인 내가 영어를 배우러 유학 올 수 있었던 이유는 잡지에 실린 유명 인사들 덕이라고 할 수 있다. 나로서는 유명 인사들이 너무 많아서 그들의 그 많은 말을 어떻게 다 믿어야 하나? 하는 걱정이 앞서지만, 엄마는 그 점을 도리어 엄마에게 유리한 쪽으로 해석한 것 같다.

엄마는 지금도 어딘가에서 잡지를 읽고 있을지 모른다. 만약에 엄마가 곗돈을 떼였거나, 주식 사기를 당해서 돈이 한 푼도 없는 상태라 해도 나에게 전화해 줬으면 좋겠다.

만약에 정말 만약이지만, 엄마가 밤이면 찾아오던 그 아저씨와 둘이서만 살고 싶어서 나를 버린 것이라 해도 전화를 해 주는 게 좋을 것 같다. 그래서 내가 이런 시간에 엄마 생각이나 하면서 시간을 보내지 않게 해 주었으면 좋겠다.

만약, 엄마가 나를 버릴 마음이 있다고 해도 나는 엄마를 이해할 만한 나이가 되었다. 그러니까 엄마는 나를 잘 키워야 한다는 부담을 가지지 말았으면 좋겠다. 그냥 나를 친구 정도로 생각해 주었으면 좋겠다. 제발 엄마가 경솔하게 생각하지 않도록 유명 인사들이 도와주었으면 좋겠다.

나는 엄마가 언제까지고 기다리라면 기다릴 것이고, 온갖 말썽을 피워 제임스가 진절머리를 친 나머지 내 보호자를 찾지 못한다고 해도 나를 영종도 공항에 내다 버릴 수 있도록 유도하라면 그렇게 할 것이다.

이제 나는 영어 공부 따위를 중요하게 생각하지 않는다. 학교에서 돌아오자마자 개인 가정 교사와 앉아 두 시간씩이나 영어책을 뒤적이는 아이들이 불쌍해 보일 정도다. 같은 방을 쓰는 연서블랑카도 영어보다 생활비가 훨씬 중요하다는 것을 깨달을 날이 올지 모르겠다. 어쩌면 연서블랑카한테는 그런 날이 안 올지도 모른다.

연서블랑카네 아버지는 서울 목동에서 굉장히 큰 갈빗집 사장이라고 했다. 갈빗집은 미용실만큼 위험한 장사는 아닌 것 같다. 우리 엄마도 처음부터 직종 선택을 더 신중하게 해야 했지 않나 싶다.

연서블랑카는 갈빗집 딸답지 않게 생겼다. 책상에 앉아 공부

하는 모습을 보면 하얀 얼굴이 공부하는 건지 슬픔에 빠져 있는 것인지 분간이 가지 않는다. 탈색된 나뭇잎 같다는 생각이 든다. 연서의 영어식 이름을 블랑카라고 지은 것은 아주 잘한 것 같다. 한국식 이름 연서보다 영어식 이름 블랑카가 더 잘 어울린다. 그래서 이제부터는 연서블랑카라 하지 않고 블랑카라고만 할 것이다. 어쨌든 블랑카가 살아 있는 것처럼 보일 때는 다른 한국인 하숙집에 사는 미키윤수를 만날 때뿐이다.

미키윤수는 잘생겼다. 미키윤수가 잘생겼다는 것을 설명하다가는 도리어 미키윤수의 얼굴을 망칠 것 같아서 그만둔다. 다만, 미키윤수가 어떤 못된 짓을 한다고 해도 용서할 마음이 들 만큼 잘생겼다는 사실은 말해 둔다.

미키윤수는 음료수 캔을 집을 때 손가락이 길어 보이게 하는 '스킬'도 알고 있다. 여자아이들 중에는 미키윤수의 얼굴보다 그 길고 흰 손가락에 미쳐 있는 애들도 꽤 된다.

언젠가 사라인선 언니가 할리우드 대표 미남이라는 남자 배우 사진을 보여 준 적이 있는데 미키윤수에 비하면 하이에나와 다름없는 마구잡이식 얼굴이다. 머리칼을 금빛으로 물들이지 않았지만 곱슬곱슬한 금발인 것으로 착각이 들게 하는 미키윤수를 싫어하는 여자아이는 없을 것이다.

나도 미키윤수를 좋아한다. 하지만 좋아하는 것뿐이지 미키윤수를 만져 보거나, 미키윤수와 키스를 해 보고 싶은 마음은 없다. 가능성이 없기 때문에 꿈을 꾸지 않는 것이다. 그런데 블랑카는 그렇게 해 보고 싶어 하는 여자애들 중 하나다. 블랑카는 미키윤수가 적어도 일주일 정도는 자기 차지가 될 수도 있다고 생각하는 것이다. 그래서 지금도 가정 교사와 마주 앉아 있지만 마음속으로는 미키윤수만을 생각하는 게 틀림없다.

블랑카는 남자아이와 키스도 할 수 있고, 만져 볼 수도 있고, 잠을 잘 수 있다고 생각하는 것 같다. 블랑카는 연약해 보이기는 하지만 집안 환경에 있어서는 자부심을 가지고 있다. 미키윤수의 입장에서 보면 블랑카는 사귈 만한 자격이 되는 셈이다. 내가 이렇게 생각하는 이유는 미키윤수가 못생긴 여자아이와는 사귀어도 가난한 여자아이와는 만나지 않는다는 소문 때문이다.

미키윤수는 여자아이와 단둘이 있으면 이렇게 묻는단다.

"너네 집 부자냐?"

그러니 미키윤수는 블랑카에게는 실제 인물이고 나에게는 브로마이드 속 인물에 불과하다.

미키윤수가 어떤 원칙을 가지고 있건 나는 부자가 된다 해도 미키윤수와 사귈 마음은 없다. 아무리 잘생겨도 예의 없는 바람둥이는 질색이다. 미키윤수는 그냥 심심할 때 잘생긴 얼굴이

나 떠올려 보는 상대로 족하다. 그것도 지겨워지면 브로마이드나 보면 된다.

이 모든 것도 실은 다 쓸데없다. 지금 내 입장에서는 미키윤수나 브로마이드 속의 배우들이 생활비만큼 절실한 존재들이 아니기 때문이다.

생활비와 엄마, 둘 중 어느 쪽이 더 중요한지는 대답할 수 없다. 이 둘은 아주 가까운 관계에 있는 것 같으면서도 아주 다른 성질의 어떤 것이다. 쓸모의 입장에서 보면 엄마는 없어도 살 수 있지만 생활비가 없으면 살 수 없다. 그렇지만, 나 같은 나이의 아이에게 생활비가 중요하기는 하지만 생활비만 가지고 살아지는 것은 결코 아니다.

엄마라는 존재는 아이에게뿐만 아니라 어른에게도 무척 중요한 존재임이 틀림없다. 외할머니도 외할머니의 엄마가 찰밥을 좋아했었다는 이야기를 자주하고, 무덤에 가서도 한참 동안 앉았다가 오는 것을 보면 엄마라는 존재는 생활비와는 다른 차원에서 인간에게 아주 중요한 존재다. 그러니까 당장 급하다고 해서 엄마보다 생활비를 더 중요한 존재로 착각해서는 안 된다.

엄마와 생활비에 잔뜩 신경을 쓰다 보면 전화가 하고 싶어진다. 엄마가 쓰던 핸드폰 번호는 이제 죽은 번호가 되었지만 엄마가 하던 미용실 전화번호는 아직 살아 있어서 누군가 다른 사람이 받는다. 지난번에도 통화한 적이 있어서 안다.

엄마가 하던 미용실에 전화를 걸 때는 발신자 부담으로 걸어서는 안 된다. 수신자 부담으로 걸어야 한다. 생활비도 오지 않는 처지에서 발신자 부담으로 전화하는 것은 도둑질이나 마찬가지다. 생활비가 밀리지 않고 제 날짜에 맞춰 오는 아이들도 엄마에게 전화 걸 때는 꼭 수신자 부담으로 전화하는 것이 이곳 규칙이다. 내가 몰래 발신자 부담으로 전화한 것을 제임스가 알게 되더라도 쫓겨나지는 않겠지만 신뢰에 치명상을 입게 되는 것이다. 전에 외할머니가 그랬었다. 사람이 위급한 상황에 처할수록 정직해야 한다고.

꼭 쫓겨나거나 제임스에게 잔소리 듣는 것이 두려워서가 아니다. 외할머니 말을 들어서도 아니다. 내가 발신자 부담 전화를 하지 않으려는 이유는 엄마 체면 때문이다. 자식을 맡겨 놓고 생활비도 안 보내고 연락도 끊어 버린 엄마를 사람들은 도둑년이나 사기꾼이나 파렴치한쯤으로 생각할 수도 있다. 이 와중에 내가 도둑 전화를 쓴다면 정말 그 엄마에 그 딸이 될 것이다.

엄마 이미지를 관리해 주기 위해서라도 도둑 전화 같은, 발신자 부담을 하면 안 된다. 그래야지만 나중에 엄마가 생활비를 안 보내고 연락처를 끊은 행동들이 도둑년, 사기꾼이라서가 아니라 말 못할 사정이 생겨서 할 수 없이 한 행동으로 이해 받을 수 있게 된다.

무엇보다 수신자 부담 전화는 편리하다. 받는 쪽에서 돈을 낼 의향이 있으면 받으면 되고 그럴 마음이 없으면 안 받으면 그만이다. 지난번에 받았던 것으로 봐서 이번에도 받을 확률이 높을 것이다. 하지만 내 전화를 귀찮아했던 것으로 봐서 이번에도 귀찮아할 확률이 높다는 것도 안다.

내 전화를 귀찮아하던 아줌마는 어떻게 생긴 아줌마인지 궁금하다. 우리 엄마처럼 생겼을 수도 있고, 엄마 친구인 당산동 아줌마처럼 머리칼을 빨갛게 물들인 아줌마일 수도 있다. 어떻게 생긴 아줌마든 미용실 아줌마는 모두 엄마 같다는 생각이 든다.

오늘은 데니슨 아줌마네 집에 가 봐야겠다. 어쩌면 데니슨 아줌마는 밤 여덟 시쯤만 되면 시계를 몇 번이나 올려다보면서 졸음을 참았을지도 모른다. 내가 밤 여덟 시쯤에 가겠다고 했으니 그 시간은 꼼짝 못 하고 갇혀 있는 셈이 되는 것이다.

오늘 밤을 위해서 나는 아침에 사라인선 언니에게 밤 외출 허락까지 받아 두었다. 확실히 하려고 사라인선 언니가 데니슨가 14번지 아줌마네 집까지 나를 데려다 달라는 계획까지 세웠다. 다른 사람들이 보기에 나는 아직 아이이기 때문에 한번 밤 외출을 하려면 이렇듯 절차가 복잡해지는 것이다.

"아홉 시까지 보내 주세요."

사라인선 언니가 데니슨 아줌마에게 나를 넘겨 주면서 엉뚱한 부탁을 하는 바람에 나는 약간 체면을 구겼다. 아줌마와 나는 인간 대 인간으로 만나서 사귀어 볼 생각인데 사라인선 언니는 나를 꼬맹이라도 맡기는 것처럼 하니 말이다.

데니슨 아줌마는 사라인선 언니의 태도를 환영하는 눈치다. 유학 와 있는 아이를 잘못 집에 들여놓았다가 자칫 받게 될 오해나 위험을 사라인선 언니가 정리해 준 측면이 있는 것이라서 그렇다.

"아홉 시까지 모넷가 28번지 현관문 앞에 데려다 줄게요."

아줌마는 어울리지 않는 약속까지 한다.

내가 보기엔 예의범절이나 말투나 어느 것 하나 잘못된 것이 없는 아줌마인데 사라인선 언니는 지나치게 쌀쌀맞게 구는 것 같다.

어른에 대한 예의가 아닌데!

아마도 사라인선 언니의 사교가 원래 부드럽게 되지 않는가 보다. 사라인선 언니의 성격이나 가치관을 생각해 보면 그럴 수도 있다. 사라인선 언니는 마음을 트지 않은 상대한테는 쌀쌀맞다는 것을 알아야 한다. 이건 사라인선 언니가 혼자 정해 둔 원칙 같다. 어쨌든 데니슨 아줌마는 내 친구이지 사라인선 언니의 친구는 아니니까 내가 이해해야 한다.

"저녁 먹었니?"

아줌마가 물어본다. 이건 인사치레이기 때문에 나 역시 대충 대답한다.

"네."

그러자 아줌마가 다시 묻는다.

"피자 시켜 먹을까?"

나는 하마터면 울 뻔했다. 피자 시켜 먹자는 말이 마치 엄마한테 연락 왔다는 말처럼 들렸기 때문이다. 나에게 피자 시켜 먹자고 한 사람이 이 세상에서 엄마밖에 없었으니까 그럴 만도 하다.

내가 싫다 좋다, 대답하기도 전에 데니슨 아줌마는 전화기를 들고 주문을 시작한다. 이렇게 막무가내인 점은 우리 엄마와 다르지만 나는 아줌마의 딸이 아니고 어디까지나 친구가 되려고 찾아온 손님이기에 아줌마가 하자는 대로 하려고 한다.

데니슨 아줌마와 깊이 있는 대화를 나누어 보기도 전에 피자가 왔다. 아줌마는 피자가 올 때까지 누군가와 전화 통화를 했다. 피자가 오자 한 손으로 받아서 내 앞에 펼쳐 주고 다시 통화를 계속한다. 어른과, 더구나 데니슨 아줌마처럼 멋쟁이 어른과 조금이라도 사귀어 보려면 이런 일쯤은 참아야 한다.

내가 피자를 세 조각이나 먹을 동안 데니슨 아줌마는 계속 통화 중이다. 데니슨 아줌마가 통화하는 내용을 시시콜콜 떠

들어 대고 싶지 않다. 아줌마의 사생활이기에 친구인 내가 보호해 주고자 하는 뜻에서다. 돈 이야기라는 것만 밝혀 둔다. 아줌마처럼 생활비 따위는 걱정 없이 살 것 같은 사람도 돈 문제로 이렇게 오래 통화를 한다는 사실이 조금 이상하긴 하다.

마침내 아줌마가 통화를 끝냈다. 그리고 주방으로 들어가더니 맥주를 한 캔 들고나온다.

"나는 피자 먹을 때 맥주 마시는 습관이 있단다."

나는 아줌마가 나를 아이가 아니라 친구로 생각하고 솔직하게 대해 주어서 고마웠다. 우리 엄마도 미용실 일이 끝나면 맥주를 마시곤 했었다.

"맥주 많이 마시면 배 나와요."

아줌마가 나를 빤히 쳐다보다가 피식 웃으면서 내 볼을 톡, 건드린다.

"너는 아는 것도 많구나."

"언니들은 다 어디 갔나요?"

아줌마가 피자 한 조각을 들어 올리면서 시큰둥하게 답한다.

"그러게, 아직 안 오네."

"이 시간에는 주로 아줌마 혼자 있어요?"

"이런, 어린 손님이 별 걱정을 다 해 주네?"

아줌마가 다정하게 웃는데, 치아가 꼭 우리 엄마를 닮았다.

나는 될 수 있으면 아줌마의 수준에 맞추기 위해 질문을 고르느라 애쓸 수밖에 없다. 어떤 질문을 해야 아줌마가 나와 함께 있는 시간을 좋아하게 되어서 다음에 또 초대해 줄까? 아줌마 역시 그런 생각을 하는 모양인지 맥주만 마시고 있다.

조금 지루해진 나는 벽걸이 대형 평면 텔레비전 밑에 아무렇게나 쌓여 있는 책들 앞으로 가서 쪼그리고 앉는다. 낡은 과학 전집 같은 것들과 시기가 지난 과학 잡지들인데 아줌마네 세련된 집 안 분위기와는 어울리지 않아 보인다. 어쩌면 버리려고 내놓은 것인지도 모른다.

"보고 싶은 것 있으면 가져가라."

"아니요. 빌려 갈게요."

"그러든지."

나는 별들에 관한 특집 기사가 실린 『과학 사이언스』 한 권을 골라서 내 애완견인 양 옆구리에 끼고 소파에 앉아 다리를 조금 흔들어 보았다. 약간 지루해지려고 한다.

"너는 어디서 왔니?"

아줌마가 묻는다.

"서울이요."

"서울 어디?"

"독산동이요."

"독산동?"

"알아요?"

"거기서도 유학 보내는 사람이 있네."

데니슨 아줌마가 혼잣말로 중얼거린다. 데니슨 아줌마 같은 사람은 독산동에 있는 우리 엄마 미용실 같은 데서 머리를 손질해 보지 못했을 거라는 생각이 든다. 어쩌면 아줌마는 우리 동네에 한 번도 안 가 봤는지도 모른다.

"아줌마는 어디서 오셨어요?"

이번에는 내가 묻는다.

"동부이촌동."

"서울에 그런 동네도 있어요?"

아줌마가 나를 보면서 웃는다. 아줌마와 나는 비긴 셈이다. 나는 아줌마가 살던 동네를 모르고 아줌마는 나와 우리 엄마가 살던 동네가 어떤 곳인지 모르기는 마찬가지니까.

"아줌마는 머리 어디서 하세요?"

"파세오 상가 미용실에서 하지."

"우리 엄마는 미용사예요."

아줌마가 나를 쳐다보면서 묻는다.

"어디 미용실에서 일하시니?"

"독산동 동네 미용실 원장이에요."

나는 사람과 사람이 친구가 되려면 무엇이든지 정직하게 말해야지, 멋지게 꾸며서 말하면 뒤에 문제가 생긴다고 생각하는

편이다. 그래서 마음에 드는 데니슨 아줌마와 친구가 되려고
하는 게 힘들다. 솔직하게 다 이야기해야 한다는 것이 무척 기
분을 나쁘게 만들기 때문이다. 나도 데니슨 아줌마가 깜짝 놀
랄 만한 근사한 뭔가가 있었으면 좋겠다는 생각은 간절하지만
거짓말은 더 싫다. 이래서 사람들이 진정한 친구가 되는 것이
힘들다고 하는 모양이다. 나는 아줌마도 나에게 뭔가 하나쯤
솔직하게 말해 주었으면 하고 바란다.

"이런 벌써 아홉 시네!"

집주인이 시간을 말하는 것은 그만 손님이 돌아가 주기를 바
란다는 것쯤은 나도 안다. 나는 예의를 모른 체하는 사람이 아
니다. 나는 아줌마에게 빌린 과학 잡지를 끌어안고 아줌마보다
앞서 현관을 나선다. 이 과학 잡지 한 권이 다시 아줌마네 집으
로 올 수 있게 해 줄 이유가 될 것이다.

"모넷가까지 데려다 줄게."

아줌마가 말했지만 나는 우겼다.

"생각할 것도 있고 해서 혼자 걸어가겠어요."

"데려다 주겠다고 약속했잖니."

"약속은 걱정하지 마세요."

"정말 혼자 가도 되겠니?"

"눈 감고도 찾아갈 수 있어요."

내 말에 아줌마는 숨을 크게 한 번 쉬고는 알았다고 했다.

데니슨 아줌마가 현관문을 닫고 들어가자 두리안나무 세 그루가 자라는 집 쪽으로 걸어갔다. 일층 거실에서 푸른 불빛이 새어 나오는 것으로 보아 필리피나 아줌마와 에스파냐 시인은 지금 텔레비전을 보는 모양이다.

내가 '나의 고독한 숲'으로 정해 둔 데니슨가 12번지 마당은 조용하다. 사나운 닭들도, 세탁기 위의 고양이도, 두리안나무도, 모두 잠들어 있는 것만 같다.

공사가 한창 진행 중인 집들은 그 안에 필리피노 워커들이 있지만 무섭지 않다. 빌리지 안에 일하러 온 워커들은 그림자처럼 움직인다. 그들은 사람들 눈에 잘 띄지 않는다. 그렇게 하지 않으면 일거리를 잃을 수도 있기 때문에 조심하는 것이다. 그러니까 무서워할 필요가 없다.

별들은 어쩐지 반짝일 기분이 나지 않는 날인 것 같고, 뾰족하기만 한 초승달은 빛을 낼 엄두도 내지 못하고 있는 것 같다. 친구를 만나고 오는 길인데도 쓸쓸한 기분이 든다.

전에 사라인선 언니가 읽어 준 어느 시집에서처럼 어두운 밤에 혼자 거미줄에 매달려 있는 까만 거미가 된 기분이다. 아마도 내가 데니슨 아줌마에게 뭔가 기대한 것이 있었던 모양이다.

학교에 가지 않는 것과 엄마와 연락이 끊긴 것 중에서 어느 쪽이 더 견디기 힘드냐고 묻는다면 학교에 가지 않는 쪽이 당장은 더 힘들다고 말할 것이다. 엄마가 생활비를 보내지 않고 연락도 되지 않는다고 해도, 학교에 갈 수 있다면 다른 것들은 견딜 수 있다. 학교에 가지 않는다는 말은 학교에 못 가는 고통 뿐 아니라, 다른 괴로운 일들까지 생각나게 만들기 때문에 더욱 힘들다.

　주말만큼은 학교에 가지 않는 일로 고통 받을 필요가 없는 날이다. 다른 아이들도 학교에 가지 않기 때문에 상대적으로 고통 받지 않아도 된다. 게다가 일요일에는 빌리지 밖으로 나갈 수 있어서 나는 일주일 내내 이 날을 기다린다.

　오늘 사라인선 언니를 따라 라구나 언덕, 대학 캠퍼스 내에 있는 교회에 갈 것이다. 물론 예수님이나 하느님을 만나려고 교회에 가는 날을 기다리는 것은 아니다. 나는 예수님 어깨에 내 인생을 의지하는 사람이 아니다. 나는 라구나 언덕 그 자체를 좋아한다. 거대한 숲도 아니고, 엄마가 좋아하는 라일락 꽃나무가 있는 것도 아니지만, 나는 라구나 언덕이 라구나 언덕이라는 사실만으로 좋다. 사람이 무엇을 좋아하는 데 거창한 이유를 갖다 붙이는 것은 촌스러운 짓이다.

　그냥 좋으면 좋은 거다!

　내가 라구나 언덕을 좋아해서인지는 모르겠지만 그 언덕에 서 있는 망고나무들과 망고나무 높은 가지에 걸린 녹슨 의자와 또 망고나무 아래 깔린 개똥까지도 다 나를 좋아하는 것만 같다. 개똥도 알고 보면 귀여운 구석이 있다. 개똥이 없는 잔디밭이나 초원이 얼마나 시시할지 상상해 보면 된다. 그리고 언젠가는 망고나무 가지에 걸린 의자에 올라가 앉아 볼 작정이다.

　라구나 언덕의 망고나무는 진짜 근사한 나무다. 나무가 아니라 무슨 거대한 영혼 같다. 나무 아래 개똥이 깔렸든 말든, 나무에 붉은 페인트 글씨가 칠해졌든 말든 아랑곳하지 않는다. 바람이 불면 잎사귀들이

싸, 싸, 싸―.

몰려 나가는 소리를 내는데 얼마나 근사한지 모른다.

교회에 가서 예배를 드려야 하므로 가장 겸손하게 보이는 옷으로 골라 입어야 한다. 고민 끝에 무릎까지 내려오는 파란색 스커트와 흰 티셔츠로 정한다. 사라인선 언니도 잘 골랐다고 한다.

블랑카가 화장실에 가고 없는 틈에 사라인선 언니가 내 손에 오십 페소짜리 한 장을 쥐여 준다. 헌금 바구니에 넣으라는 돈이다. 사라인선 언니한테 헌금할 돈까지 신세 지는 일은 미안하지만 헌금 바구니에 빈 주먹만 넣었다 뺄 때 느끼는 수치스러운 기분에 비하면 견딜 만한 일이라서 받는다.

내가 고맙다고 하자 언니가 그런 징그러운 말은 집어치우라고 한다. 생활비의 소중함을 모르는 철없는 블랑카는 사라인선 언니가 왜 내 말을 징그럽다고 하는지 모를 것이다. 그게 편하다. 나도 블랑카의 이런 점이 편하긴 하다.

제임스는 교회에 다니는 일을 꽤 좋은 일이라고 생각해서 교회 가는 아이들에게 승합차를 제공한다. 아마도 제임스는 아이들이 교회에 다녀오면 좀 더 통제하기 쉬운 아이들로 변해서 온다고 생각하는 모양이다. 어쨌거나 여기서는 아이들에게 제임스가 가장 영향력 있는 사람이라서 그가 권유하는 일을 아이들은 따를 수밖에 없다.

　사실 일요일 하루 정도는 아이들이 교회에서 보내 주어야 제임스도 좀 쉴 수 있다. 사람이 쉬지 못하고 일에 시달리다 보면 신경질적이 되게 마련인데, 제임스의 신경질이 바로 혼자 조용한 시간을 가지지 못해서 생기는 영혼의 병인 셈이다. 따지고 보면 제임스도 우리 엄마만큼이나 고달프게 생활비를 버는 사람이다. 이런 사람을 미워할 마음은 없다.

　승합차를 타고 총알이 장전된 총을 허리춤에 매단 가드가 지키는 산타로사 빌리지의 정문을 통과할 때면 왠지 모르게 흥분된다. 이런 기분이라면 혼자서 마닐라 공항까지 달려가 비행기를 타고 영종도 공항에 가는 일쯤은 문제없을 것 같다. 갑자기 세상이 좁아지고 모든 지리가 내 손바닥에 올려진 느낌이 든다.

　산타로사 빌리지에서 라구나 언덕까지 오르는 길은 정말 감질난다. 언덕이라고는 하지만 등고선 간격이 엄청나게 벌어진, 크게 완만한 경사라서 이 길이 언덕을 오르는 길인지 그저 조금 경사진 길인지 잘 구분하지 못할 정도다. 언덕이라는 것을 확실하게 느낄 때는 이십 분 걸려 마침내 도달한 곳에서 아래를 내려다볼 때이다. 이곳보다 높은 것은 아무것도 없다. 모든 것이 언덕 아래 펼쳐져 있다. 저 멀리 지평선 끝에 마닐라 공항이 있고, 거기서 비행기를 타면 서울에 갈 수 있고, 거기에 가면 엄마가 있다.

따갈로그와 영어가 뒤섞인 예배 의식이 거의 끝나고 헌금 바구니가 내 옆 사람 무릎 앞에까지 왔다. 순간적으로 내 머릿속에서 오십 페소에 대한 계산이 굴러다니기 시작한다. 나는 허쉬 초콜릿이 먹고 싶다. 초콜릿을 먹어 본 지가 언제인지 모른다. 이 돈이면 살 수 있다. 예배 끝나고 대학 구내 매점에 가서 꼭 초콜릿이 아니어도 달콤한 무엇인가를 사고 싶다. 드디어 검은 융단으로 감싸인 헌금 바구니가 내 앞에 도착했다.

내 마음에서 망설임의 북이 울리기 시작한다. 이 주먹을 펼치면…… 내가 주먹을 펼치지 않는다 해도 아무도 모를 것이다. 북이 세차게 울린다. 나는 주먹을 펼친다. 페소가 바구니 속으로 떨어진다. 대신 자유가 내 북을 가라앉힌다. 아멘!

바구니를 블랑카한테 전해 준다. 바구니는 다시 사라인선 언니 쪽으로 전해진다. 나는 기도한다. 예수님! 페소를 드렸으니 엄마한테서 연락이 오게 해 주세요. 그래야 서로 계산이 맞는 겁니다. 아멘!

누구든 맨입으로 부탁을 들어주지 않는 것과 마찬가지로, 아무 부탁할 일이 없는데도 헌금하는 사람은 거의 없다는 것을 예수님이 알아주길 바란다.

교회에서의 일정이 끝나고 빌리지로 돌아갈 아이들은 제임스의 승합차에 다시 모인다.

하지만 나는 사라인선 언니의 보호 아래 오늘은 사라인선 언니와 함께 보내기로 되어 있다. 블랑카는 우리와 함께하고 싶지만 오후에 첼로 개인 교습이 있어서 빌리지로 돌아갈 수밖에 없다. 블랑카가 우리와 함께 다니지 않는 것이 어느 면에서는 행복이다. 사라인선 언니를 나 혼자 독차지할 수 있다.

사라인선 언니도 데니슨 아줌마의 딸들처럼 치과 의사 자격증을 따는 것이 목표다. 이곳에서 대학을 다니는 언니나 오빠들은 치과 의사가 되려는 사람이 많다. 정확하게는 모르지만 사라인선 언니 말에 의하면 필리핀은 물 사정이 나쁜데, 그 물 사정이 사람들의 치아에 영향을 주고, 다시 그 치아 사정이 의학 분야 중에서 치의학 분야에 영향을 주어서 결과적으로 치과 대학이 발전했다고 한다. 사라인선 언니 말에 의하면 치아는 인간의 신체 중에서 아주 중요한 기관이라서 치아가 잘못되면 생존을 위협받을 수도 있다고 한다. 사라인선 언니가 이다음에 서울에 가서 치과를 차리면 나는 감기에 걸려도 언니네 치과에 갈 것이다. 나는 사라인선 언니의 훤칠한 키도 좋고, 널찍하고 든든해 보이는 등도 좋다. 훌륭한 치과 의사가 되려면 저 정도 체격은 되어야 한다고 생각한다. 무엇보다 사라인선 언니가 존경스러운 점은 여기 필리핀 사람들과 잘 어울린다는 것이다.

오늘 사라인선 언니와 나의 방문지는 대학 캠퍼스 내에 사는 나의 옛 가정 교사 라니네 집이다. 사 개월 전까지 라니는 나의 영어 가정 교사였다. 그보다 훨씬 전에는 사라인선 언니의 가정 교사이기도 했다. 라구나 언덕에 있는 대학 졸업생이기도 하다. 나는 이 언덕과 관련이 있는 사람이면 무조건 좋아하기 때문에 라니의 방을 방문하는 일을 싫어할 이유가 없다. 그런데 라니는 아들까지 있는 삼십 대 아줌마고 사라인선 언니는 아직 스무 살도 안 되었는데 어떻게 친한 친구가 되었는지 모르겠다.

라니는 대학 캠퍼스 내에 있는 사택의 방 한 칸에 산다. 정확히 말하면 방 한 칸이 아니고 소파 한 개에 산다. 라니가 사는 집에는 방 두 칸에 거실 한 칸, 주방 한 칸이 있다. 방 두 개는 대학생이 세 들어 살고 라니는 거실에 세 들어 사는 것이다. 거실에 있는 긴 소파가 라니의 침대이자 방인 셈이다.

라니는 이 소파 하나에서 네 살 난 아들 케빈과 입양 딸까지 데리고 산다. 라니의 입양 딸 줄리는 중학교에 다니고 있는데, 아버지가 없고 엄마는 너무 가난해서 줄리를 보살필 수 없는 사정이라고 했다. 그래서 라니가 학교도 보내고 데리고 산다고 했다. 여기서 너무 가난한 사정이라는 말은 남이 먹다 버린 음식을 주워서 다시 튀겨 먹는 사정이다.

49

입양 딸 줄리와 아들 때문에 라니는 월급이 적은 초등학교 교사 생활을 버리고 한국인 유학생에게 영어를 가르치는 가정 교사 직업을 택한 것이다.

나도 생활비 때문에 고통 받는 입장이라서, 매달 들어오는 수입이 불안정하다는 것이 사람에게 어떤 영향을 끼치는지 알고 있다. 그러니까 라니네 집에서는 물 한 모금도 함부로 마셔서는 안 된다는 말이다.

라니는 사라인선 언니의 방문을 이미 알고 있어서 기다렸다는 듯이 반긴다.

말할 기회를 놓쳐서 이제야 말하는 거지만, 사라인선 언니와 나는 교회 볼일이 끝나고 대학 매점에 들렀었다. 거기서 언니는 5킬로그램짜리 쌀과 식빵, 깐톤, 망고, 양배추, 그리고 버터크림 케이크와 몇 가지 불량해 보이는 과자들을 샀다.

그 봉투를 사라인선 언니가 내밀자 라니가 얼른 받아 들고 우리를 거실이 아닌 주방으로 몰고 들어온 것이다. 낮에는 간혹 다른 세입자의 방문객이 있기 때문에 거실에 있으면 안 되고 부엌에 있어야 한다.

우리가 있어야 할 주방에는 벽 쪽으로 밀어붙인 둥근 식탁과 한쪽에 몰려 있는 의자 네 개가 있다. 우리 셋이 들어서자 주방이 꽉 찼다. 퍼즐 돌리기처럼 서로 비켜 주지 않으면 움직일 수 없을 만큼 좁다. 이 좁은 주방은 세 들어 사는 사람들이 쓰는 시간이 정해져 있는데 오늘 이 시간은 라니가 미리 양해를 구한 거라고 한다. 아무래도 안 되겠다 싶었는지 라니가 주방 뒷문을 열고 밖에 의자 두 개를 내놓는다. 나는 그리 나가서 앉아 있을 수밖에 없다.

뭐 좋다!

나무도 우거지고, 개 밥그릇을 넘보는 꼬리 화려한 까만 닭도 있고, 닭을 경계하는 개도 있으니까 따분하지는 않을 것 같다. 하여튼 나는 나무를 좋아하는데, 그곳이 어디든 큰 나무 한 그루만 있으면 어지간한 걱정거리는 잊을 수 있다.

"저 애는 어떻게 되는 거래?"

라니가 사라인선 언니만 들으라고 묻는 말이지만 나도 다 듣고 있다. 사라인선 언니가 아직 결정된 것은 아무것도 없는데 아마 잘될 거라고 말해서 내 마음이 아주 구겨져 버리지는 않았다.

내가 버려졌든 구원을 받았든 어쨌든 나의 문제이고 라니는 사라인선 언니가 사 온 것들을 냉장고에 넣느라 바쁘다. 이 집은 주방뿐 아니라 냉장고 안도 세 들어 사는 사람들 구역이 정해져 있는 모양이다. 라니가 자기 칸을 꽉 채우고 남은 양배추를 들고 서서, 양배추를 남의 칸에 넣어야 할지 밖에 빼놓아야 할지 고민 중이다. 라니의 고민이 어쨌든 텅 비어 있던 라니 칸이 꽉 차는 것을 보니 내 생활비가 들어온 것처럼 든든하기만 하다.

덩치 큰 양배추 문제를 해결하지 못한 라니가 쌀을 씻기 시작한다. 라니가 준비해 두었던 게 분명한 틸라피아를 꺼내 세 마리는 튀기고 세 마리는 찌개를 끓이겠다고 한다. 나는 틸리피아 튀김을 먹어 본 적이 있다. 필리핀 사람들이 가난하게 살아도 견딜 수 있는 것은 맛있는 틸라피아를 먹을 수 있어서 일 거라는 생각이 든다. 내 입맛에는 세상에서 제일 맛있는 물고기가 틸라피아다.

식사 준비를 하는 와중에 라니는 귀여운 아들 케빈이 갈아입을 옷도 변변히 없다느니, 입양 딸 줄리의 학비가 밀렸다느니, 불편한 잠자리가 계속되어 몸이 여기저기 쑤신다느니 등등의 하소연을 한다. 사라인선 언니 들으라고 하는 소리다. 그러는 동안 밥은 끓다가 조용해지고 틸라피아가 튀겨지고 고춧가루가 들어가지 않은 연두색 찌개가 끓는다. 식탁이 차려졌다.

라니는 눈은 자기 고조부를 닮아 에스파냐식으로 움푹 파이고, 피부는 원주민식으로 갈색이다. 아무리 생각해도 진짜 못생겼지만 요리는 잘한다.

식사가 한창인데 라니의 입양 딸 줄리가 라니의 아들 케빈을 안고 들어온다. 케빈은 라니를 보자마자, "썸띵!" 하고 손을 내민다.

그러자 사라인선 언니의 지갑이 열린다. 사라인선 언니는 오백 페소짜리 지폐 한 장을 케빈 손에 쥐여 준다. 그러자 라니가 지폐를 얼른 빼앗고 동전 하나를 대신 준다.

나는 라니 가족의 이런 행동에 사라인선 언니가 기분 나빠 할까 봐 걱정한 적이 있었다. 하지만 사라인선 언니는 자기 주변의 필리핀 사람들이 보이는 이런 행동을 비난할 마음이 없는 사람이라는 것을 깨달은 적이 있다. 사람은 생활비에 쪼들리면 누구나 비굴한 태도를 보일 수가 있는 법이고, 더구나 라니처럼 두 아이를 책임진 엄마라면 비굴해지지 않으면 무책임하다는 비난을 받을 각오를 해야 하는 것이다. 생활비라는 것은 그만큼 중요한 문제다.

라니네 집 방문을 마치고 사라인선 언니와 나는 라구나 언덕에서도 가장 꼭대기에 있는 망고나무 숲으로 올라갔다.

언덕 위의 망고나무 중에서도 가장 크고, 높고, 옆구리에 상처가 깊게 파인 망고나무 가지에 걸린 철제 의자가 없어졌다. 그 녹슨 의자에 한번 올라가 앉아 보고 싶었는데 아쉽다. 하지만 망고나무 가지 사이에 걸려 있던 철제 의자가 사라지고 나니까 어쩐지 망고나무가 더 자유로워 보인다. 바람결 따라 더 대담하게 잎사귀들을 날려 보내는 것만 같다.

싸. 싸. 싸 아—.

망고나무 가지 위의 철제 의자 대신 나무 아래 곰팡이 핀 나무판자 의자가 생겼다. 양쪽에 벽돌을 쌓아 올리고 그 위에 나무판자를 척 걸쳐 놓은 긴 의자. 여기 라구나 언덕의 망고나무 숲은 나와 사라인선 언니뿐 아니라 다른 누군가도 마음에 담아 둔 장소가 틀림없다.

라구나 언덕 아래 산타로사 빌리지나 파세오 상가에 있을 때는 바람이 없는 것 같아도 언덕에만 오면 바람이 분다. 바람도 자기가 지나고 싶은 길이 따로 있어서, 그 길로만 부는 것이다.

싸. 싸. 싸—.

사라인선 언니와 나는 나무판자 벤치에 나란히 앉아서 망고나무 잎사귀들이 바람에 몰려 나가는 소리를 듣는다.

우리 둘 다 별로 말이 없는 사람들이라서 조용한 가운데 망고나무 잎사귀들이 바람에 흔들리는 소리를 오래도록 들을 수 있었다. 언덕 위에서 바람에 망고나무 잎사귀 흔들리는 소리를 듣고 있으면 생활비 문제와 엄마와 연락이 끊어진 문제들 모두 먼 별나라 다른 아이의 문제처럼 나에게서 멀찍이 떨어져 나가 홀가분한 기분이 되는 것이다.

그래서 이 시간을 나는 일주일 내내 기다린다.

망고나무 숲에서 바람을 쐬도 현실이 바뀌지는 않는다. 이런 말을 하는 이유는 수상한 전화가 왔었다는 블랑카의 말 때문이다. 누군가 전화를 걸어와 자신이 누구인지는 밝히지 않으면서 나를 찾았다고 한다. 블랑카는 수상한 전화를 건 사람이 누구인지 말은 하지 않았지만, 속으로는 우리 엄마라고 생각하는 것이다.

한 통의 수상한 전화 때문에 나는 괴로운 현실로 끌려 들어오고 말았다. 나로서는 수상한 전화의 주인공이 엄마든 아니든 상관없게 되어 버렸다. 수상한 전화의 내용으로 볼 때 엄마라고 하더라도 당장 연락을 하거나 생활비를 보내 줄 의지는 없어 보인다. 만일 엄마였다면 그냥 내 목소리나 한번 들을 의도였던 것으로 보인다. 그게 아니라면 벌써 제임스와 연락이 닿았고, 그 소식이 나에게 전달되었을 것이다.

뭐, 어쨌든 좋다!

엄마 나름대로 사정이 있을 테니까. 하지만 이것만은 다시 말해 두고 싶다. 엄마는 나를 잘 키우고 싶어 한 사람이다. 나를 잘 키우고 싶어 한 것을 보면 아버지라는 사람을 사랑했던 게 맞다. 사랑하지도 않는 남자의 자식을 잘 키우고 싶어 하는 여자는 별로 없다고 사모님이 말했었다. 사모님이 알려 주지 않았어도 그 정도는 나도 안다.

뻔한 말이지만 나는 엄마가 그립다. 그립다는 생각은 현실을 뛰어넘는 것이다. 그러니까 생활비를 다시 보낼 만큼 사정이 회복되지 않았더라도, 엄마의 싸이 일기장에라도 잘 있다는 말을 남겨 놓으면 내가 엄마 걱정을 덜할 것이라는 말이다.

제임스의 눈치를 보는 것이나 버려진 아이 취급 받는 것쯤이야, 그립다는 느낌에 비하면 정말 아무것도 아니다. 생활비나 버려진 아이 취급 따위는 견딜 수도 있는 것이다. 그런데 그립다는 감정은 쉽게 해결되지가 않는다. 이런 날이면 나는 전화를 걸 수밖에 없다.

지난번에 짜증을 내면서 다시는 전화하지 말라고 한 것으로 봐서 수신자 부담용 장거리 전화는 받지 않을 줄 알면서도 거는 것이다. 그사이 엄마가 다시 미용실로 돌아와 있기를 기대하면서 조심스럽게 번호를 누르는 것이다.

미용실 전화번호를 눌렀던 날은 방에 가만히 있지 못한다. 답답한 것이다. 그러면 나는 산책을 나선다. 오늘은 빌리지를 원 방향으로 돌지 않고 'ㄹ' 자로, 말하자면 마음 내키는 대로 돌아볼 생각이다. 그리고 마지막으로 나의 두리안나무 숲을 보러 갈 것이다.

빌리지 한가운데 있는 수영장은 토요일이나 일요일에만 이용할 수 있어서 오늘 같은 화요일 오전에는 조용하다. 청소하는 필리피노 아저씨들만 나무 사이로 가끔 보인다. 아니면 『마닐라 불리틴』을 배달해 주는 신문 배달부나 집집마다 두세 명씩 있는 아떼들만 태양 아래 나와 움직인다. 그리고 내가 있다.

빌리지 안은 소문이 빠르기 때문에 저 사람들도 내가 버려진 아이라는 것을 알고 있을 것이다. 내가 어떻게 될 것인지를 두고 내기까지 할지도 모른다.

저들이 어떻게 추측하든 나는 사 개월 후면 서울로 돌아갈 것이다. 왜냐하면 내 비행기 표는 라구나에 올 때 이미 돌아갈 날짜가 정해진 일 년짜리 티켓이기 때문이다.

제임스는 억울하겠지만 생활비를 받지 못해도 나를 서울로 보낼 수밖에 없다고 사라인선 언니가 말해 줬다. 만일 생활비 때문에 나를 붙들고 있다가는 미성년자 보호법과 관련된 법 조항 때문에 감옥에 가게 될 수도 있다고 했다. 그렇게 되지 않으면 사라인선 언니가 인터넷에 내 이야기를 올려서 어떻게 해서든 서울로 돌아가게 해 줄 거라고도 했다. 이런 여러 가지 이유로 제임스는 내가 여기 있는 동안 밀린 내 생활비를 대신 보내 줄 보호자를 찾아내야만 한다. 제임스의 사정이라고 나보다 나을 것이 없다는 생각이 든다.

매일 대형 영국 국기가 펄럭이는 집 정원은 아주 잘 꾸며져 있다. 정원이 잘 꾸며져 있다는 말은 에스파냐 시인 아저씨와 필리피나 아줌마가 사는 데니슨가 12번지 마당과는 정반대라는 뜻이다. 이 정원을 누가 꾸미는 것인지 이 집에 사는 사람을 본 적이 없다. 유령의 집이거나, 햇볕을 쪼이면 안 되는 병에 걸린 사람들이 사는 집인지도 모른다. 장난감 정원처럼 꾸며진 이런 집에는 관심 없다. 그래서 빨리 지나가는 것이다.

지난주까지만 해도 콜라나 과자, 달걀 같은 것을 팔던 집은 문을 닫았다. 늘 하얀 셔츠만 입는 주인 아저씨한테 콜라를 사면 길쭉한 비닐봉지에 콜라를 쏟아서 빨대를 넣어 주었다. 병을 아저씨가 가지려고 그러는 것인데, 콜라는 병을 쥐고 마셔야지 비닐봉지에 담아 마시면 기분이 안 난다는 것을 모르는 아저씨다.

몇 달 전까지 새를 키우던 집은 지금 비어 있다. 빌리지 안에서 새를 키워 파는 것을 금지했다는 소문을 들은 적이 있다. 새소리가 시끄러운 게 이유라고 했다. 새들은 모이도 조금 먹고 똥도 조금 싸고 지저귀는 소리도 텔레비전 소리나 냉장고 소리에 비하면 참을 만한데 사람들은 왜 새소리를 참지 못하는지 모르겠다.

새들은 없고 빈 새장만 가득 찬 마당을 보니 마음이 쓸쓸하다. 새들이 있었더라면 이 집 앞에서 두 시간은 서 있을 수 있을 텐데, 빈 새장들만 잔뜩 쌓여 있는 집 앞에서 그럴 수는 없다. 빈 새장들 때문에 쓸쓸해진 마음을 달래기 위해서라도 더 이상 빙빙 돌지 말고 데니슨가 12번지 마당으로 가야겠다.

두리안나무 숲으로!

내가 라구나 벨 에어에 다닐 때 말레이시아에서 온 남자아이가 있었는데 그 아이가 말레이시아에 있는 자기네 캄펑에 가면 두리안나무 숲이 있다고 했던 게 생각난다.

캄펑은 말레이시아 말로 '고향'이라는 뜻이란다. 그러니까 '마이 컨트리'가 아니라 '마이 캄펑'이라는 식으로 말해야 한다.

하여튼 그 아이가 캄펑의 두리안 이야기를 자주했던 걸 보면 그 아이도 나처럼 엄마나 할머니가 있는 곳을 그리워했다는 생각이 든다. 그 아이는 이슬람교도이기 때문에 가톨릭교도가 많은 필리핀을 별로 좋아하지 않는 것 같았다. 이건 순전히 내 느낌이다. 이제 생각해 보니 그 아이의 문제는 종교가 아니라 그리움이었던 것 같다. 그 이슬람교도는 라구나 벨 에어에 잘 다니고 있는지 모르겠다.

물론 그 이슬람교도의 이야기는 블랑카가 설명해 주어서 내가 알고 있는 것이다. 나는 유학 생활이 짧아서 영어가 잘 들리지 않는다. 블랑카를 통해서라도 그 이슬람교도에게 우리 외할머니네 집에 가면 망고 비슷한 감이 열리는 나무와 고슴도치 같은 밤이 열리는 나무가 있다고 말해 줄 걸 그랬다. 그랬으면 그 이슬람교도도 외로운, 어떤 시간에 나를 생각해 낼 수도 있었을 텐데.

데니슨가 12번지 마당은 말레이시아의 그 이슬람교도 한 번 와서 보면 제2의 캄펑으로 여길 수도 있을 것이다.

나는 언제부터인가 두리안나무 숲을 긴장시키지 않으려고 조심하는 습관이 생겼다. 불쑥 나타나서 땅을 뒤지는데 열중하는 닭 가족을 놀라게 하는 일을 만들지 않도록 한다는 말이다. 나도 이 숲의 일원인 것처럼 슬며시 다가가서 소리 없이 서 있는 것이 좋다.

두리안은 오늘도 여전히 어제 그 자리에 매달려 있다. 아무리 생각해도 나무에 비해 열매가 터무니없이 크다. 남의 열매를 빼앗아 단 것만 같다.

햇살은 뜨겁고 두리안나무 숲은 시원하다. 그래서 닭들도 두리안나무 숲에서 쉬고 있다. 나는 숲 밖에서 숲 안을 들여다볼 수밖에 없다. 왜냐하면 저 두리안나무 숲은 심정으로는 나의 숲이지만 실제로는 데니슨가 12번지 아줌마와 시인 아저씨가 주인이기 때문에 함부로 들어갈 수는 없다.

그런데 필리피나 아줌마가 나온다.

"하이!"

아줌마가 먼저 알은체를 한다. 오늘도 빨래가 한바구니다. 산타로사 빌리지에서 가정부 없는 집은 시인 아저씨네 집뿐인 것 같다. 다른 집들은 가정부가 서너 명씩은 기본으로 있다.

에스파냐 시인은 아줌마를 가정부와 아내 겸용으로 여기고 있어서 가정부를 두지 않는다는 생각이 든다. 아줌마 자신도 가정부와 아내의 경계가 어딘지 감을 잡을 수 없어서 잘 구분하지 못하는 것도 같다. 산타로사 빌리지 안에 사는 집주인치고 데니슨가 12번지 아줌마만큼 가정부처럼 하고 다니는 사람도 없어서 하는 말이다. 아줌마가 12번지 집주인이라는 사실을 모르는 사람은 아줌마를 산타로사 빌리지에 취직해 들어온 가정부로 여기기 일쑤다. 바로 그런 아줌마와 내 눈이 딱 마주쳤다. 아줌마의 인사라는 게 그냥 웃는 것이 전부다. 그래서 나도 그냥 웃고 만다.

이미 말했다시피 아줌마와 나는 서로 대화할 만한 언어가 없다. 우리 둘 사이에는 쓸모없는 언어를 각자 가지고 있다 보니 그냥 마음으로만 서로 알아볼 뿐이다. 그래서 나는 우리 엄마가 손님의 머리칼을 만져 주고 있는 것을 보듯이 아줌마가 빨래 너는 모습을 바라볼 뿐이다.

마당의 닭들도 아줌마를 경계하지 않고 자기네 하던 대로 편하게 한다. 나는 슬슬 데니슨 아줌마네 집 앞에 한번 들렀다가 내 방으로 돌아가 볼 참이다. 그런데 필리피나 아줌마가 나를 향해 손짓을 한다.

분명히 '이리 오라.'는 세계 공통어가 맞다.

나는 이끌리듯 아줌마네 마당으로 발을 들여놓는다. 아줌마는 더 가까이 오라고 계속 손짓한다. 아줌마와 내가 서로 팔을 뻗으면 손을 잡을 수 있을 만큼 가까워졌을 때,

"차 마실래?"

아줌마의 입에서 영어가 튀어나왔다. "티." "드링크." 두 단어였지만 그걸로 대화는 충분하다. 마다할 이유가 없는 나는 아줌마를 따라 나의 고독한 밀림에 숨은 비밀의 궁전 안으로 들어간다.

아줌마네 집 역시 내가 사는 모넷가의 집처럼 현관에 들어서자마자 2층으로 올라가는 계단이 훤히 보인다. 구조가 똑같다

는 말이다. 다른 점이 있다면 아줌마네 집 안은 아줌마 냄새와 손길이 비릿하고도 고소하게 스며들어 있어서 어린 새가 살아 있는 둥지 같다면, 내가 사는 모넷가의 집에서는 구석에 처박아 둔 꿩의 박제에서 날 만한 하숙집 냄새가 난다는 것이다. 내 식으로 간단하게 표현하자면 엄마가 있는 집과 없는 집의 차이 정도다. 아줌마네 집은 예상했던 대로 책이 많다. 책들은 대부분 영어로 된 책들이라서 아줌마가 읽는 책들은 아닌 게 분명하다. 그러면 뻔하지, 에스파냐 시인의 책들이다.

나와 아줌마는 식탁에 마주 앉아 아이스티를 마시면서 어떤 식으로든 대화를 하려고 한다. 이번에도 아줌마 쪽에서 먼저 대화를 시도한다.

"유어 네임."

"유니스."

나도 눈치가 있는 아이라 대답한 후에 물었다.

"유어 네임?"

내가 묻자 아줌마가 답했다.

"로잘리."

나는 이름도 아줌마만큼이나 촌스럽다고 생각하다 공연히 미안한 마음이 든다. 그래서 나는 영어식 이름이 아닌 진짜 내 이름이 '윤희'라고 말했다. 아줌마도 잠시 생각하는 듯하더니 이런다.

"마이 네임, 훼 살라망고."

"훼 살라망고? 로잘리가 아니고?"

내 발음은 엉망이었지만 아줌마는 내가 왜 놀라는지 안다는 듯이 웃는다. 그러니까 내 원래 이름이 유니스가 아니고 '윤희'이듯 아줌마의 이름도 로잘리가 아니고 '훼 살라망고'라는 것을 서로 이해하자는 웃음이다.

아줌마 이름에 '망고'라는 열매 이름이 있어서 좋다. 필리핀에 와서 제일 맛있게 먹은 과일도 망고이고, 라구나 언덕 위에 의연히 서 있는 나무들도 망고나무다. 입속으로 들키지 않도록 '훼 살라망고' 하고 불러 본다. 새를 부르는 것 같다. 기분이 좋아진다. 훼 살라망고 아줌마와 나는 마음으로 통하는 문을 하나 만든 것 같다.

서로 이름을 확인하자 나머지는 쉽게 풀리는 느낌이 든다. 나는 한국이라는 나라의 서울에서 왔다는 것을 알리고 살라망고 아줌마는 칼람바 온천 지역에서 태어났다는 것을 알려 주었다. 그리고 나는 이제 열네 살이 될 것이고 살라망고 아줌마는 스물여덟 살이라는 사실도 교환했다.

나이 때문에 놀라는 것은 실례라는 것을 아는 나다. 엄마도 미용실 손님 나이를 맞힐 때 속으로 생각한 것보다 다섯 살쯤 적게 말한다. 엄마가 예상했던 나이보다 많으면 놀라는 척하고, 적으면 미용실 거울이 원래 사람 나이를 더 들어 보이게 한다고 했었다. 나이라는 것은 민감한 문제라서 겉으로 표시하지 않았지만 사실 놀랍다. 나는 살라망고 아줌마가 마흔 살이 넘은 아줌마인 줄 알았는데 대학생 언니들 나이와 크게 차이 없는 나이라는 사실이 믿기 어렵다.

뭐, 살라망고 아줌마가 생각했던 것보다 풋내기라고 해도 이미 친구하기로 한 이상 마음이 변하는 것은 아니다. 사실 친구의 나이가 생각했던 것보다 훨씬 젊다는 것은 좋은 일이다.

나이에 대한 미안한 마음 때문에 나는 살라망고 아줌마가 아름답다고 말해 주었다. 그러자 아줌마는 그냥 웃기만 한다. 아무래도 내 속마음을 들킨 것만 같다. 자신이 예쁘지 않다는 것을 아는 사람에게 대놓고 아름답다고 말하는 것은 관계를 위험에 빠뜨릴 수도 있다. 하지만 엄마는 아무리 못생기거나 늙은 여자 손님이라도 늘 예쁘다고 말해 주었다. 뜯어보면 예쁜 구석이 없는 사람은 없다는 것이다.

사람뿐만이 아니다. 두리안나무만 해도 저렇게 흉한 모양의 열매를 달고 있는데도 내가 이렇게 사랑하고, 또 라구나 언덕의 망고나무는 몸통에 붉은 흉터가 파인 데다 더러운 개똥 천지인 언덕에 있지만 바람이 불면 싸, 싸, 싸, 몰려 나가는 잎사귀 소리를 내가 이렇게 그리워하고 있는 것을 보면 아름답다는 말은 사람 얼굴에만 대고 쓸 말이 아닌 것은 분명하다. 그러니

까 살라망고 아줌마에게 아름답다고 한 것은 잘못 말한 것이
아니다.

친구가 된 첫날이기도 하고 갑작스런 초대이기도 해서 이쯤
에서 일어나야겠다는 생각이 든다. 살라망고 아줌마가 마음에
든다고 해서, 여기가 내가 정한 나의 두리안나무 숲이라고 해서
눈치 없이 굴었다가 아줌마와 나의 숲을 모두 잃어버릴 수도
있다. 사랑에도 기술이 필요한 법이다.

살라망고 아줌마는 내 처지를 알고 있다는 느낌이 든다. 학교 이야기는 물어보지도 않고 잘해 주려고 하는 것을 보면 알 수 있다. 내가 버려진 아이가 아니었다면 살라망고 아줌마가 내 앞에서 그렇게 조심하지는 않았을 것이라고 생각하니 조금 쓸 쓸해진다.

아줌마가 나를 동정해서 아이스티를 마시자고 한 것이 아니라 내가 아줌마를 좋아하듯이 나를 좋아해 주었으면 좋겠다. 하지만 강요할 생각은 없다. 이제 막 친구가 된 사람에게 많은 것을 요구해서 부담을 주고 싶지는 않다. 무엇보다 나는 몇 달 후면 산타로사 빌리지를 떠날 텐데 그때를 대비해서 거리를 둘

줄도 알아야 한다. 우리 엄마처럼 십 몇 년 동안 사랑을 쏟아붓고 나서 내다 버리는 것은 권장할 만한 행동이 아니다.

외할머니도 엄마가 나를 이렇게 방치하고 있는 것을 알면 화를 내실 게 분명하다. 그러나 외할머니는 화가 나도 화가 난다는 표시를 얼굴에 티 내지는 못한다. 사람이 늙으면 얼굴 표정이나 생각을 읽을 수 없어지게 되고 마는가 보다. 언제나 그 얼굴이 그 얼굴이다. 외할머니뿐 아니라 늙은 얼굴은 다 비슷하다는 생각이 든다. 아기들 얼굴이 다 비슷한 것처럼.

우리 외할머니는 절름발이다. 아주 심하게 절름거린다. 걸을 때 보면 외할머니가 절름거리는 것이 아니라 세상이 절름거린다는 착각이 들 정도다. 외할머니가 어릴 때 6·25 전쟁이 터졌는데 그때 피난 가다가 총알이 무릎을 뚫고 나가는 총상을 입은 후로 절름발이가 되었다고 들었다.

어릴 때 절름발이는 커서도 절름발이다. 외할머니가 처녀가 되자 외할머니의 아버지는 땅과 함께 외할머니를 어떤 남자와 결혼시켰다. 이 남자는 나의 외할아버지가 아니라서 그냥 어떤 남자라고 하는 것이다. 이모가 태어났다. 이모는 다리를 절름거리지 않는다. 그런데 이모가 태어나 백일도 되기 전에 외할머니의 남자는 땅을 판 돈을 가지고 도망갔다. 외할머니는 그 남자가 일본의 '대판'이라는 곳으로 도망갔다는 소문을 들었다. 그런데 외할머니는 대판이 어딘지 모른다고 했다. 나도 그곳이 어딘지 모른다. 외할머니는 그 남자를 찾아가지 않았다. 외할머니는 그 남자와 사는 게 싫었던 게 분명하다. 그래서 그 남자가 '대판'으로 도망을 갔건 '소판'으로 도망을 갔건 관심이 없었던 것이다. 그 남자가 알아서 도망가지 않았다면 외할머니가 도망쳤을지도 모르는 일이다.

이건 어디까지나 내 생각이다. 이 일에 대해서 외할머니 생각을 말해 주지 않았기 때문에 내가 추측해 본 것이다. 나는 남자들의 마음을 잘 모르겠다. 어쩌면 남자들은 살아 있는 여자들보다 돈을 더 사랑하는 사람들인지도 모른다. 엄마의 아저씨와 외할머니의 어떤 남자를 통해서 알아낸 것이니까 아주 개인적인 생각에 불과하다는 점을 밝혀 둔다. 하여간 남자들이 여자보다 돈을 더 좋아한다는 점은 정말 안타까운 부분이다. 나 같으면 절름발이라도 살아 있는 사람을 사랑하겠다!

아무튼, 남자가 도망가고 나자 외할머니도 이모를 데리고 외할머니의 어머니에게 다시 돌아갔다. 그 남자가 대판으로 달아나고 한 달 후였다고 한다. 이 점만 봐도 외할머니가 그 남자를 좋아하지 않았다는 사실이 증명된다. 그사이 외할머니의 아버지는 돌아가셨다. 외할머니는 어머니와 딸을 보살피면서 몇 년 살았다. 그러다가 다른 남자를 알게 되었다. 이 남자가 바로 나의 외할아버지다. 그런데 나는 외할아버지를 한 번도 보지 못

했기 때문에 그냥 남자라고 하는 것이다.

이 남자는 먼 데서 온 남자라서 외할머니에게 익숙하지 않은 사람이었다. 그래서인지 그 남자는 여자에 대해 생각하는 방식도 달랐다. 그 남자는 외할머니가 절름발이인 것을 상관하지 않았다. 절름발이인 것도 사랑 받을 가치가 있다는 사실을 처음 알게 된 외할머니는 낯선 남자를 진짜 사랑했다. 외할머니가 이 남자 이야기를 할 때면 주름진 얼굴에 표정이 살아나는 것을 보더라도 외할머니가 이 남자를 정말 사랑했다는 것을 알 수 있다.

그 남자는 외할머니가 마음으로부터 사랑한 사람이었다. 외할머니가 먼 산을 보면서 말한 적이 있다. 나의 외할아버지는 정말 다정한 사내였다고, 내가 외할아버지를 닮아서 다정다감한 성격인 것 같다고. 나는 외할아버지가 외할머니의 첫사랑이라는 사실에 자부심을 느끼기도 하지만 한편으로는 걱정이다. 보통 여자들은 첫사랑 상대를 잘못 고르기 마련이라서 그렇다. 그 남자는 외할머니와 결혼은 하지 않고 같이 살기만 했다. 이모가 그 남자를 아버지라고 부를 마음이 생긴 무렵에 우리 엄마가 태어났다.

엄마가 태어나자마자 외할머니는 아기 다리부터 보았다. 혹시나 절름발이일까 봐 그랬다는데 외할머니는 다친 상처는 유전되지 않는다는 것을 잠깐 잊은 모양이었다. 그때쯤이 외할머니 인생에서 가장 행복한 시간이었다. 그런데 외할아버지는 도망갔다. 외할아버지가 도망간 사실 때문에 나는 외할머니한테 많이 미안하다. 내가 외할머니를 두고 도망간 것이 아닌데도 내가 도망자가 된 것처럼 미안하다. 나의 외할아버지라는 남자가 도망가지 않고 외할머니와 오랫동안 살았더라면 내가 외할머니에게 미안해하지 않아도 되었을 것이다.

외할아버지가 떠나고 나서 외할머니는 가난해졌다. 외할머니의 아버지와 어머니가 남겨 놓았던 땅이나 돈을 그 남자가 몽땅 들고 가 버린 것은 아니지만, 외할머니가 그 남자와 생활하는 동안 땅을 팔고 돈을 많이 써야 했던 것은 사실이다. 진짜 사랑한 남자든, 책임감 때문에 함께 살았던 남자든, 남자는 모두 외할머니보다 돈을 더 좋아한다는 외할머니의 생각은 이때 굳어졌다. 사람은 대부분 똑같은 실수를 겪고 나면 하나의 인생관이 생기는 법이니까.

외할아버지가 도망가고 나서 외할머니의 어머니가 돌아가셨다. 집에는 여자 셋만 남았다. 다행히 외할머니의 아버지와 어머니는 아주 오래전부터 그 동네에서 살았고, 그래서 아는 사람이 많았다. 여자아이들이 자라나는 데는 많은 돈이 들지 않는다. 이모와 엄마는 지금 나보다 훨씬 가난하게 살았지만 명예는 있었다. 그 명예는 외할머니의 아버지와 어머니가 그 지역에서 착하게 살아온 역사 때문에 생겨난 것이다. 동네 사람들은 착한 유전자를 물려받은 여자 셋을 내쫓지 않았다. 그렇게 해서 이모와 엄마는 고등학교까지 마쳤다.

이 모든 이야기는 외할머니가 나한테만 해 준 것이다. 엄마는 외할머니가 지나간 이야기를 하면 들어 주기는커녕 도리어 외할머니를 구박한다. 궁상맞은 이야기는 듣기 싫다는 것이다.

외할머니는 아직도 그 시골 동네에 살고 계신다. 나와 엄마가 외할머니 집에 가면 사람들이 엄마와 나를 구경 오곤 했다. 왜 구경 오냐면 구경 오는 사람마다 엄마가 연습 삼아 파마도 해 주고 커트도 해 주었기 때문이다. 사람들은 엄마가 세계적으로 유명한 미용사가 될 것이라고 했다. 그때만 해도 나는 세계적이라는 말을 좋아했기 때문에 그 말을 들을 때면 기분이 우쭐해졌다. 내가 그때 세계적인 것을 좋아한 탓인지는 모르겠지만 이모는 미국으로 갔다. 이모는 가정부가 되었다고 한다. 거기서 세계적으로 사는 일에 열중한 나머지 외할머니와 엄마에게 연락도 안 했다. 언젠가 세계적으로 사는 일에 진력이 나면 연락이 올 것이다.

제임스가 이런 나의 가족 관계에 대해 묻고 있지만 나는 외할머니 전화번호를 모르는 척하고 있다. 아니 나에게 외할머니가 있다는 말조차 하지 않고 있다. 순전히 엄마를 위해서다. 엄마가 지금 나에게 일어난 일을 해결해 주기를 바라는 마음에서 꾹 참고 있는 중이다.

내가 유독 아줌마를 좋아하는 이유는 엄마 때문일 것이다. '아줌마' 하는 말과 '엄마'라는 말이 어쩐지 비슷하다는 생각이 든다. 아줌마들이 나의 엄마는 아니지만 어쨌든 다른 누군가의 엄마라서 이런 생각이 드는지도 모른다. 살라망고 아줌마는 아직 아이가 없지만 언젠가는 엄마가 될 것이고, 사모님은 서른 명이나 되는 아이를 돌보는 사람이고, 데니슨 아줌마는 두 언니의 엄마 노릇을 하고 있다. 하여간 나는 아줌마라면 사족을 못 쓰는 것은 틀림없다.

데니슨 아줌마에게 빌려 온 과학 잡지를 돌려주러 가려면 어짰든 좀 읽어야 한다. 그래야 책 내용에 대한 이야기도 하면서 아줌마와 시간을 보낼 수 있을 것이다.

잡지가 다 그렇듯이 깊이 있는 내용은 없는 듯하다. 공상 과학 영화 같은 사진들이 나 같은 아이들의 흥미를 끌기에 딱 좋게 되어 있다. 잡지라는 책은, 사라인선 언니식으로 말하자면 대중을 위해 만들어진 책이라는 뜻이다. 하지만 아인슈타인도 열두 살에 막스라는 사람한테 『대중을 위한 자연과학』이라는 책을 얻어 읽고 자기 안에 숨어 있던 자연과학에 대한 흥미를 일깨웠다고 했다. 어쩌면 데니슨 아줌마도 그런 의도로 나에게 과학책을 빌려주려고 했는지 모른다.

데니슨 아줌마가 빌려준 과학 잡지가 나를 아인슈타인 같은 과학자가 되게 하지는 못하겠지만, 그래도 읽고 뭔가 배워 두는 게 좋겠다는 생각이 든다. 이것이 어른들이 책을 빌려주는 궁극적인 이유일 테니까.

데니슨 아줌마와의 대화를 생각하느라 사라인선 언니에게 밤 외출 허락을 받아 두는 것을 잊었다. 외출 허락을 받을 필요가 없는 낮에 데니슨 아줌마를 만나면 되겠지만 낮 시간은 아줌마가 바쁜 것 같다. 거의 매일 정오경에 나가서 저녁이 되어야 집에 들어오는 것 같아서 하는 말이다.

공교롭게도 사라인선 언니가 저녁 식사 시간이 지나도록 집에 오지 않고 있다. 어쩌면 새로운 남자 친구가 생겼는지 모른다. 그렇다면 환영할 일이다. 사귀던 남자 친구와 헤어졌다고 해서 식빵을 뜯어 먹는 밤이 계속되어서는 곤란하다. 남자와 헤어지는 일 정도는 일주일가량 식빵의 도움을 받는 것으로 충분하다. 어쨌든 사라인선 언니에게 미리 허락을 받아 놓지 못해서 위험을 감수해야 하기는 하지만, 길어야 한 시간 외출인데 큰 문제는 생기지 않을 것이다.

블랑카에게 말을 해 둘까 생각해 보았지만 나의 밤 외출이 제임스 귀에 들어가는 것이 시간 문제가 될 것 같아 그만두었다. 데니슨 아줌마를 만나고 오겠다고 솔직하게 알리면 블랑카는 미키윤수를 만나러 가는 줄 오해할 수도 있다. 블랑카를 믿지 못해서가 아니라 블랑카를 복잡하게 만들지 않기 위해 몰래 빠져나오고 말았다.

데니슨 아줌마네 집 거실에 불이 밝혀져 있다. 데니슨 아줌마가 집에 있어서 다행이다. 문을 열어 주는데 머리칼을 바싹 잘랐다는 것을 알겠다. 소년처럼 짧게 자른 머리 모양이 마음에 든다. 어떤 미용사가 잘랐는지 몰라도 솜씨 있는 사람이다. 엄마는 여자의 머리칼을 '숏 커트'로 잘라서 멋지게 만들 수 있는 미용사가 진짜 솜씨 있는 미용사라고 했다.

데니슨 아줌마가 나의 방문 목적을 묻기 전에 내가 먼저 과학 잡지를 내민다.

"벌써 다 읽었니?"

나는 들어오라는 아줌마의 손짓에 현관문 안으로 들어서면서 다 읽은 지는 한참 되었는데 시간이 없어서 이제 가지고 온 것이라고 말해 주었다.

"피자 먹을래?"

"아니요. 아이스티나 한 잔 주세요."

"아이스티는 없고 망고 주스 줄까?"

나는 델몬트 망고 주스를 별로 좋아하지 않지만 그냥 그걸로 달라고 한다. 망고나 파인애플이나 파파야 같은 과일은 주스로 만들어서 냉장고에 보관하기에는 너무 가엾은 과일인 것 같다. 왜 이런 생각이 드는지 나도 모르겠다. 그냥 내 마음이 그렇다는 것이다.

데니슨 아줌마가 새파란 매니큐어가 반짝이는 하얀 두 발을 소파에 올리고 다리를 접어 끌어안고 있으니까 웅크린 아기 같다. 데니슨 아줌마가 나를 계속 바라보는 통에 내가 망고 주스를 시원하게 마실 수가 없는 것은 괜찮은데, 누가 살짝 밀기라도 하면 소파 아래로 떨어질 것처럼 위태롭게 앉아 있는 아줌마의 자세 때문에 조마조마하다.

"책은 재미있던?"

"아줌마는 이 책 읽어 봤어요?"

"아니."

나는 노란 망고 주스를 마시면서 어디서부터 이야기를 꺼내야 할지 생각을 정리해 본다. 이런저런 생각 끝에 나는 복잡하고 어려운 말들은 다 집어치우고 단도로 배꼽을 푹, 찌르듯이 시작하기로 마음먹는다. 복잡할 때는 이 방법이 최고다.

"아줌마, 내 소문 들으셨죠?"

아줌마가 나를 빤히 쳐다보는 것으로 봐서 내 소문을 알고 있다는 뜻이다.

"내가 버려졌다는 소문요. 엄마가 생활비도 보내지 않고, 나를 데려가지도 않고, 도망가 버렸다는 소문요."

"그랬니? 그렇게 자세히는 몰라. 그냥 소문의 아이가 너란 것 정도만 알아."

"내가 불쌍해서 나한테 친절한 거예요?"

데니슨 아줌마가 내 눈을 뚫을 듯이 쳐다본다. 누가 누구를 이렇게 쳐다보는 것은 정말 부담스러운 일이지만 기왕 시작한 일이라서 참기로 한다.

"불쌍하다고 아무한테나 다 친절하지는 않아."

"그러면 내가 아줌마 마음에 드는 아이인가요?"

"누가 너처럼 예쁜 아이를 싫어할 수 있겠니."

나는 예쁜가 보다. 어른들한테 예쁘다는 말을 많이 들어서 내가 어른들이 보기에 예쁘게 생긴 아이라는 것은 알고 있다.

하지만 어른들 기준은 우리와는 다르다. 우리는 블랑카처럼 생긴 아이를 예쁘다고 한다. 어른들이 예쁘다고 하는 기준은 뭔지 모르겠다. 어쩌면 촌스럽다는 뜻일 것도 같다. 그래서 어른들이 예쁘게 생겼다고 하는 말은 신뢰할 만한 말은 아니다.

그렇지만 내 머릿결은 미용사인 엄마도 자르기엔 아까울 정도로 찰랑거린다고 했다. 치아와 목덜미는 외할아버지를 닮아서 곱다고 외할머니가 자주 말했었다. 그런데도 나는 버려졌다. 예쁘게 생긴 것이 버려지지 않을 조건이 되지 못한다는 뜻이다. 그래서 나는 데니슨 아줌마의 지금 이 말을 믿을 수 없다. 입에 발린 말 같다.

"그렇다면 아줌마가 나를 입양해 주실 수 있어요?"

아줌마는 당황한 듯하더니 나를 바라보기만 한다.

"그건 좀 다른 문제인걸? 생각 좀 해 보자꾸나."

"아니 됐어요. 아줌마에게 부담 드릴 생각은 없어요. 입양한다는 게 얼마나 복잡한 건지 저도 알아요. 차라리 애를 하나 낳는 게 더 쉬운 일이죠."

"너는 어린 나이에 그런 생각까지 할 줄 아니?"

"누구나 나 같은 처지가 되면 별별 생각을 다 하게 되어 있어요. 나는 엄마가 영영 연락하지 않으면 어떻게 살아야 할지까지 다 생각해 뒀어요."

"기특하구나."

"사실은 이런 이야기하러 온 게 아니에요."

"그럼 어떤 이야기가 하고 싶니?"

"아줌마 같은 사람에게 나 같은 사람은 어떻게 보이는지 궁금하거든요."

"나 같은 사람이라니? 그건 무슨 뜻이지?"

데니슨 아줌마의 목소리가 갑자기 날카로워져서 나는 좀 놀랐다. '아줌마 같은 사람'이라는 말이 기분 나쁘게 들렸을 수도 있다. 하지만 나쁜 의도로 한 말이 아니니까 아줌마도 이해해 줄 것이다.

"아줌마처럼 고민 없이 편하게 사는 사람들은 저 같은 아이를 어떻게 생각하는지 궁금해서요."

"왜 내가 고민 없이 편하게 사는 사람이라고 생각하니?"

"그렇게 보이니까요."

"보이는 것이 다가 아니란다."

보이는 것이 다가 아니라는 말은 처음 듣는 말이라서 나는 아무 대답도 못 하겠다. 잠시 숨죽이고 있던 아줌마가 아주 조용히 말했다.

"부모에게 버려지는 것보다 더 무서운 것도 있단다."

"그것보다 무서운 건 없어요!"

내 목소리가 너무 컸나 보다. 아줌마가 나를 바라본다. 지금껏 보던 아줌마 눈 중에서 가장 멍한 눈이다. 나는 목소리를 낮

춰서 다시 말한다.

"그건 엄마한테 버려져 보지 않은 사람들 이야기일 뿐이에요."

"아무튼 부모에게 버려지는 것보다 더 무서운 것도 있단다."

데니슨 아줌마가 말끝을 흐린다. 나는 엄마에게 버려지는 것보다 더 무서운 것에 대해서는 알고 싶지 않다. 나에게 가장 무서운 일은 '엄마에게 버려진 일'이니까.

"우리 엄마가 미용사라는 이야기는 했죠?"

"그래."

"그냥 시시한 미용사는 아니었어요. 우리 엄마는 나를 아주 잘 키우고 싶어 한 미용사였어요."

"그래, 동네에서 미용실 하는 사람이 딸을 유학 보내기는 쉽지 않지."

"그 점이 보통 미용사들과는 다른 점이에요."

"그래, 그렇구나."

"그런데 이다음에 나도 딸을 낳아서 잘 키우려고 애쓰다가 힘들면 버릴까 봐 겁이 나요."

"미리 겁낼 일은 아닌 것 같은데?"

"아줌마가 보기에 내 처지가 불쌍해 보이나요? 아니면 보통 사람들도 다 겪는 일로 보이나요? 아줌마의 입장에서 보는 내 상황을 알고 싶어요."

"그게 무슨 소용이니? 네가 너를 어떻게 생각하느냐가 더 중요하지 않을까?"

"교과서 같은 이야기 말고요."

"그래, 그럼. 부모에게 버려졌다고 해서 죽지는 않겠지."

"그 대신 외교관이나 국제변호사가 되긴 힘들겠죠!"

"그래, 네 말대로야."

"내가 존경하는 어떤 언니가 좁히기 힘든 차이라고 했어요."

"네가 원하면 내가 너를 후원해 줄 수도 있어."

"그러려면 적십자나 유니세프나 월드비전 같은 기구에 가입해야 되잖아요."

"개인적으로도 가능하단다."

나는 아줌마가 충동적으로 나를 후원하겠다는 말을 했다는 생각이 든다. 무엇보다 내가 마음이 약해져서 데니슨 아줌마의 후원을 받는다면 엄마가 서운해할 것 같다는 생각이 든다. 나중에 엄마 얼굴을 당당하게 보려면 이 문제는 좀 더 생각해 봐야 할 것 같다.

"아직은 엄마를 좀 더 기다려 볼 거예요."

아줌마가 말이 없다. 갑자기 말을 하지 않기로 결심한 사람 같다.

둘이 말없이 앉아 있자니 뭔지 모르지만 너무 피곤해져서 데니슨 아줌마한테 인사도 제대로 하지 않고 나와 버렸다. 예의 없는 아이처럼 보여도 상관없다. 빨리 침대에 가서 눕고 싶을 뿐이다.

데니슨 아줌마 앞에서 차마 말하지는 못했지만 만약에 내가 서울로 돌아가서 혼자 살게 되거나, 보육원 같은 곳에서 살다가 열여덟 살이 되면 나는 아주 초라한 사람이 될지도 모른다. 내가 외할머니와 살게 된다고 해도 내가 열여덟 살이 될 때까지 외할머니가 살지는 않을 것 같아서 더욱 이런 생각이 든다.

나는 요즘 자주 나의 미래에 대해서 생각하는데 내가 아무리 훌륭한 생각을 가지고 있다고 해도, 나 같은 처지에 빠지면 고슴도치나 창녀가 되는 수밖에 없을 것 같다. 여자들이 가장 두려워하는 직업인 창녀가 된다 해도 겁먹지 않을 수 있도록 미리 마음을 먹어 둬야 한다.

창녀라는 직업은 세상에서 아무 보살핌도 받지 못한 여자들이 주로 선택하는 직업이기 때문에, 적어도 창녀들은 세상에 대해 책임이나 의무감을 갖지 않아도 된다. 그러면 나는 자유로워질 것이다. 그래도 세상에 대한 근심걱정이 몰려오면 어쩌지? 그러면 나는 나 같은 처지에 빠진 아이를 열 명쯤 후원할 것이다. 절대 입양은 하지 않을 것이다.

창녀가 자기를 입양했다고 생각하면 아이의 장래에 나쁜 영향을 미칠지도 모르니까 입양은 하지 않고 몰래 후원만 할 것이다. 그러면 나는 더욱 자유로워질 것이다. 이렇게까지 생각하고 나니 내 미래에 대해 두렵지 않다. 하여튼 이 세상에 창녀보다 더 두려운 직업은 없는데, 그 직업을 가졌을 때도 자유로울 수 있는 방법이 있으니까 더 이상 나쁠 수는 없는 것이다.

데니슨 아줌마네 집에 다녀온 사이 나는 말썽만 피우는 못된 생활비 체납자가 되어 있었다. 사정은 이렇다. 내가 없는 사이 사라인선 언니가 왔는데, 저녁 시간에 내가 없자 블랑카에게 내 행방을 물었다. 미키윤수 생각에 빠져 있던 블랑카는 그때서야 내가 없다는 것을 알았다.

사라인선 언니가 내 행동 반경에 대해 생각하고 있는 사이 사랑에 빠져 사리 분별이 안 되는 블랑카는 제임스에게 전화해서 지금 유니스가 행방불명되었으며, 사라인선 언니가 찾고 있기는 한데, 어쩌면 미키윤수라는 아이를 만나러 갔을 수도 있다고 했다. 그 미키윤수라는 아이는 열여섯 살에 담배도 피우고, 술도 마시고, 여러 명의 여자애들과 사귄 전력도 있는 아이라고 엉뚱한 이야기까지 하는 통에 제임스와 사모님이 슬리퍼를 끌고 모넷가까지 뛰어와 있던 참이었다.

오! 그래서, 안 그래도 밀린 생활비에 비례해 스트레스가 쌓여 가던 제임스의 화가 터지고 말았다. 때마침 집에 들어선 나는 아이들이 지켜보는 가운데 체면을 왕창 구기게 되었다. 나는 꼼짝없이 제임스의 설교와 위협과 하소연을 들을 수밖에 없었다.

제임스는 지각이 있는 사람이라 나 같은 아이 때문에 진을 빼지는 않았다. 생각보다 잔소리는 빨리 끝났다. 제임스 말의 요지는 나에 관한 모든 일이 마무리될 때까지 제발 안전하게만 있어 달라는 것이다.

공연히 골치 아픈 일을 만들지 말고!

제임스와 사모님이 돌아가자 이번에는 사라인선 언니의 차례다. 나로서는 사라인선 언니한테 무슨 소리를 듣든 모두 애정이라는 것을 느끼고 있기 때문에 오히려 기쁘다. 그런데 사라인선 언니의 화는 내가 아니라 블랑카 쪽에 대고 터진다. 블랑카도 자신의 실수를 깨닫고 있던 참이었다. 자기가 미키윤수를 짝사랑하고 있다는 것을 공표해 버린 셈이니까.

"너 미키윤수랑 사귀니?"

"아니요!"

"그럼 전에 사귀었니?"

"몰라요."

"몰라요, 라니?"

"그런 것 같기도 하고 아닌 것 같기도 해요."

"너 혹시 미키윤수랑 키스했어?"

"한 번요."

"어디서."

"학교 화장실 뒤에서요."

거긴 미키윤수의 단골 장소다. 화장실 뒤로 불려 나간 것을 은근히 자랑하고 다니는 여자아이들도 있다.

"키스만 했어?"

"가슴도 만졌어요."

"그것도 화장실 뒤에서?"

"아니요."

"그럼 어디서."

"에디슨가 빈집에서요."

"그런데도 사귄 게 아니야?"

"미키윤수가 그런다고 사귀는 건 아니랬어요. 그냥 연습해 보는 거랬어요."

"연습이라니?"

"나중에 진짜 하고 싶은 여자랑 할 때 잘하려고 연습해 보는 거렸어요."

"뭘 잘하려고 연습해?"

"그거요."

"그게 뭔데?"

"언니, 정말 그거 몰라요?"

"글쎄 그게 뭔데?"

"언니는 안 해 봤어요? 언니도 해 봤잖아요. 전에 그 오빠랑도 하고, 요번에 그 오빠랑도 했다는 소문 다 들었어요. 오늘도 그래서 늦은 거 아니에요?"

"휴! 그렇다고 치고, 난 성인이고 넌 아이야."

"그게 뭐 어때서요. 미키윤수는 정말 나쁜 새끼예요. 다른 애들하고는 하면서 나랑은 안 하겠대요. 내가 괜찮다고 했는데도 못 한대요. 나도 미키윤수랑 하고 싶은데, 어른이다 아니다가 뭐 중요해요? 게다가 미키윤수는 유니스가 좋대요. 유니스가 불쌍하대요. 언젠가 우리 모두 서울로 돌아가면 유니스를 찾아갈 거라고 했어요. 나도 우리 아빠가 나를 버렸으면 좋겠어요. 그러면 미키윤수가 나를 불쌍하게 생각해서 좋아해 줄 거잖아요. 어쩌면 오늘 유니스는 미키윤수를 만나고 왔을지도 몰라요. 그래 놓고 거짓말하는 것일 수도 있어요."

"미키윤수가 진짜 저질인 줄 알았는데 아주 바닥은 아니구나. 내가 선배로서 충고하는데 미키윤수 같은 놈은 절대 사귀면 안 돼. 그냥 구경만 하는 거야."

"구경만 어떻게 해요?"

"왜 못 해? TV 본다고 생각하면 되잖아."

"언니는 그렇게 해 봤어요?"

"수없이."

"그렇지만 너무 잘생겼잖아요."

"그건 그래. 그게 바로 우리의 딜레마야."

"딜레마가 뭐예요?"

"이럴 수도 없고 저럴 수도 없다는 뜻이야."

이야기를 하다 보니까 화는 어디로 사라져 버리고 우리 셋이 무슨 동지라도 된 것 같다.

나도 미키윤수를 좋아한다. 단지 미키윤수를 좋아한다는 사실을 다른 누군가가 눈치채면 자존심이 상할 것 같아 숨기고 있는 것뿐이다. 이것이 블랑카와 나의 차이일 뿐 블랑카와 나는 별 차이가 없다. 어쨌든 미키윤수가 블랑카를 떼어 낼 목적으로 나를, 내 불우한 처지를 이용했다는 것에 대해서는 기억해 두겠다.

사라인선 언니가 오늘처럼 우리와 많은 이야기를 나누기는 처음이다. 내가 깜빡 잊은 게 있는데 사라인선 언니도 몇 년 전에는 나와 같은 나이였다는 사실이다. 지금 나이 역시 데니슨 아줌마나 살라망고 아줌마나 제임스나 사모님에 비하면 무척 어린 나이라는 사실이다.

대단한 어른으로 여겨지던 사라인선 언니 역시 아직 어린 나이이고 엄마와 떨어져 있는 것을 견디고 있으며, 어쩌면 서울에 좋아하는 남자 친구나 하얀 털이 복슬복슬한 강아지를 두고 왔을지도 모른다. 그래서 그 허전한 마음을 달래려고 많은 남자 친구를 사귀는 것인지도 모른다.

사라인선 언니를 잘 모르는 사람들은 언니를 무작정 바람둥이라고 생각하기 쉽지만 사실 언니는 사귀는 남자마다 다 진심으로 사귄다. 그렇지 않다면 헤어질 때마다 식빵을 사 들고 와서 밤새 뜯어 먹지는 않을 것이다. 그것도 며칠씩이나. 누구든 사람의 속사정을 잘 알지도 못하면서 비난하는 것은 유치한 짓이다.

오늘은 나에게 특히 더 외로운 날이 될 것 같다. 하숙집 아이들이 한꺼번에 '페스티벌 몰'로 생필품을 사러 가는 날이기 때문이다.

제임스의 보호 아래 유학 생활을 하는 아이들은 자질구레한 생활용품들을 각자 알아서 사 쓰게 되어 있다. 샤프심, 공책, 지우개, 초콜릿, 과자, 화장지, 치약, 비누 같은 것들이다. 제임스가 아이들 생활을 책임지고 있기는 하지만 마트 주인이 아니기 때문에 이 모든 것들을 구비해 놓거나 필요할 때마다 사다 줄 수는 없는 일이다. 무엇보다 제임스네 하숙집은 다른 하숙집이나 유학원보다 생활비가 싸다. 그래서 우리 엄마도 제임스네 하숙집을 선택했던 것이다. 하지만 싼 하숙집은 싼 이유가 있다!

게다가 아이들이란 공동으로 쓰는 물건에 대해서는 낭비가 심하기 때문에 각자 필요한 물품은 각자 사다 쓰도록 한 제임스의 생각이 나쁘다고 생각하지 않는다. 그런데 필요한 물건을 각자 사다 쓰다 보니 하루에도 몇 명씩 빌리지를 벗어나 파세오 상가에 있는 마트나 편의점에 드나드는 일을 감시해야 하는 번거로움이 생겼다. 여기는 서울이 아니고 마닐라 근처 라구나 지역이기 때문에 아이들이 함부로 나다녀서는 안 된다.

어제만 해도 마닐라 근교에서 피살된 한국인이 있었다고 한다. 게다가 필리핀은 '모로 이슬람 해방전선' '아부사야프' '신 인민군' 같은, 듣기만 해도 무시무시한 반군 단체들이 활동하는 지역이다. 확실히 서울과는 다른 환경이기 때문에 조심해야 한다. 이런 이유 때문에 한 달에 두 번 모든 식구가 한꺼번에 쇼핑 나가는 규칙을 만든 것이다.

오늘이 바로 그 이 주치의 물건을 사러 가는 토요일이다. 나는 집에 있어야 한다. 돈이 없기 때문이다. 쇼핑을 가려면 서울에서 생활비 외에 따로 용돈이 송금되어 와야 한다. 제임스가 가지고 있는 내 계좌에는 몇 달째 엄마 이름이 찍힌 돈이 한 푼도 들어오지 않고 있다.

따지고 보면 나는 제임스 외에도 사라인선 언니나 블랑카에게 조금씩 갚아야 할 빚이 늘어나고 있는 셈이다. 휴지나 치약, 샴푸가 떨어진 지 한참 되어서 블랑카나 사라인선 언니 것을 쓰고 있다. 이를 닦는 일과 머리를 감는 일에도 매번 돈이 들어 간다는 것을 생각하면 생활이나 생활비라는 말은 정말 무섭다.

블랑카는 가끔 싫은 내색을 하지만 사라인선 언니는 절대 내 색하지 않는다. 블랑카는 버려져 본 경험도 없고, 생활비가 얼마 나 무서운 것인지 경험해 본 적이 없기 때문에 내 처지를 몽땅 이해할 능력이 없다. 그러니까 블랑카를 원망해서는 안 된다.

내 생각에 사라인선 언니 같은 사람은 국제아동기구 같은 데 서 일하면 좋겠다. '마더 테레사'처럼 희생하지는 못하겠지만 제 인 구달이 원숭이들을 사랑하듯 아이들을 사랑해 줄 것이다. 그런데 사라인선 언니는 치과 의사가 되려고 하니 아깝다. 뭐, 그래도 할 수 없다. 인재를 놓치는 쪽은 내가 아니라 국제기구 니까. 사라인선 언니가 의사가 된다 해도 돈만 밝히는 치과 의 사가 되지는 않을 것이다. 이건 분명하다.

어쨌든 오늘은 혼자 빌리지 안에 남아 있어야 한다. 아이들 이 학교 가는 날에는 아이들 중에서 혼자 남겨졌는데, 오늘 같 은 토요일은 사모님이나 제임스도 없이 정말 혼자 빌리지 안에 남겨지게 된다.

제임스는 산타로사 빌리지 내에 두 채의 집을 빌려 하숙을 한다. 제임스가 고용한 가정부는 모두 여섯 명인데 이런 날은 한집에 모여 수다를 떤다. 아떼들이 수다 떨 때는 따갈로그를 쓰기 때문에 나는 못 알아듣는다. 그러나 분위기는 대충 안다. 아떼들 중 누가 제임스한테 불만이 있는지, 누가 사모님을 좋아하는지, 누가 유학생 오빠를 마음에 들어 하는지. 말들은 많지만 제임스에게 잘 보이면 한국으로 갈 수도 있기 때문에 모두 제임스 앞에서는 조심한다.

실제로 작년에 제임스가 한국에 나갈 때 아떼 중 한 명을 데리고 나간 적도 있었다. 그 아떼는 한국 남자와 결혼해서 산다고 한다. 모두 그런 것은 아니지만 많은 아떼들이 한국에 가고 싶어 하는 것은 사실이다.

아떼들이 한국에 가고 싶어 하는 이유는 한국 사람을 좋아해서가 아니라 돈 때문이다. 돈 때문에 한국에 가고 싶어 한다고 해서 실망할 필요는 없다. 세상에 누구나 태어나면 생활을 해야 하고 그러자면 생활비가 필요하다. 누구에게나 생활비는 중요하다. 필리핀에서만 일해도 생활비가 부족하지 않다면 아떼들은 서울까지 가려고 애쓰지 않을 것이다.

사라인선 언니 말에 의하면 서울에서 한 사람 몫의 월급을 여기서는 다섯 사람 이상이 나누어 가진다고 한다. 그래서 서울에 가려는 것뿐이다. 나라도 그렇게 하겠다. 열세 살 나이에 이렇게 돈 생각만 하다 보니 내가 구십 살 넘은 원숭이가 된 것 같은 기분이 든다. 역시 생활비는 사람을 늙게 만든다. 그래서 생활비 문제가 나를 괴롭힐 때마다 생활하지 않고 살 수 있는 방법은 없나, 궁리하게 된다. 아떼들 수다에 방해나 되지 않게 빌리지나 한 바퀴 돌아야겠다.

생활비 이야기를 좀 더 해 보자. 엄마와 나 사이를 갈라놓은 것도 생활비인 셈이라서 이 문제에 대해서 나는 할 말이 많다.

아저씨가 자고 간 다음 날이면 엄마가 말했었다.

"걱정 마, 나한테 백 명의 남자가 생긴다 해도 너 하나만 못 해. 절대 너를 버리지 않을 테니까 불안해할 필요 없어."

엄마는 내가 무엇을 걱정하는지 알고 있을 정도는 되는 여자였다. 그러니까 엄마는 내가 엄마와 아저씨 사이를 질투하는 것이 아니라 엄마와 아저씨 사이에서 내가 생존할 틈이 있나 걱정하며 불안해한다는 것을 알고 있었다.

엄마의 말을 나는 믿었다. 엄마가 나를 필리핀으로 유학 보내려고 할 때도 아저씨들이 들락거리는 유해 환경으로부터 나를 보호해 주려는 것으로 해석했다. 실제로 엄마도 그렇게 말했다. 나는 아버지와 엄마가 사이좋게 지내는 행복한 가정이 필요한 아이는 아니었다. 오직 성인이 될 때까지 안전하게 보살펴 줄 수 있는 누군가 한 사람이 필요한 아이다. 그 사람이 바로 엄마고 엄마도 그 점을 알고 있었다. 처음부터 나는 엄마와 아버지의 사랑을 받으면서 태어난 아이가 아니라 엄마 혼자 낳은 아이였다.

나를 낳았을 때 엄마는 지금 나보다 겨우 일곱 살 많은 나이였다. 아기를 낳기에는 적당한 나이일지 몰라도 잘 키우기에는 적당한 나이가 아니란 것쯤은 나도 안다. 그래서 내가 초등학교에 들어갈 때까지 외할머니 집에서 자란 것을 가지고 엄마를 원망해서는 안 된다. 지금 내가 엄마의 처지를 호소해서 동정을 좀 받아 보자는 뜻에서 이런 말을 하는 것이 아니란 점을 알아주기 바란다.

나는 우리 엄마 같은 처지의 여자도 자기 딸을 외교관이나 국제변호사 같은 사람으로 만들고 싶어 한다는 것을 말하고 싶은 것이다. 그러니까 우리 엄마는 자기가 미용사라고 해서 세상에 미용사라는 직업만 있는 줄 아는 우물 안 개구리가 아니란 거다. 만약에, 정말로 만약에 엄마가 다시는 나를 보지 않을 작정으로 연락을 끊었다 하더라도 미워해서는 안 될 사람이라는 것을 밝혀 두고 싶다.

아이를 낳았다고 해서 누구나 잘 키울 욕심을 갖는 것은 아니고, 잘 키울 욕심이 있다고 해서 누구나 유학을 보내 주는 것도 아니다. 엄마는 나 때문에 생활비를 몇 배나 더 벌어야 했다. 엄마가 나를 포기한 이유는 생활비 때문이지 나를 사랑하지 않아서가 아니다. 엄마는 아직도, 여전히, 나를 사랑한다. 그러나 생활비 문제가 엄마를 괴롭히고 나와 엄마 사이를 갈라놓은 것이다.

나는 페스티벌 몰에 다녀오지 않았다. 그래서 내가 쓸 생필품은 아무것도 없다는 것을 아는 사람은 다 안다. 그래서일 것이다. 사모님이 아이들 몰래 화장지, 치약, 초콜릿, 깐톤, 고소미, 풍선껌이 든 봉투를 챙겨 주었다. 그리고 나지막한 목소리로 물었다.

"친척들 중에서 연락처 아는 곳 있니?"

사모님이 너무 친절해서 하마터면 외할머니 전화번호를 알려 줄 뻔했다. 그러나 나는 대견하게도 꾹 참았다. 엄마에게 좀 더 시간을 줘야 한다는 생각에 죽을힘을 다해 참은 것이다. 엄마에게 나를 버리고 그 뒷수습을 외할머니가 했다는 식의 불량

한 역사를 만들어 주어서는 안 된다. 엄마도 어른이니까 자신이 벌인 일은 자신이 책임지도록 해야 한다. 그래야 엄마의 남은 인생이 아주 불행해지지는 않을 것이다.

사모님이 준 물건들을 받는 순간 기분이 이상했다. 전에는 느껴 보지 못한 묘한 기분이었다. 남에게 무엇인가를 동정 받는 일은 이전의 나에게는 자존심 상하는 일이었다. 그런 일은 거지나, 자존심이 부족한 사람들에게나 좋은 일이었다. 그런데 사모님이 주는 물건을 받고 기뻐한 것을 보면 나는 점점 거지의 정신 상태가 되어 가는 모양이다.

이러다가는 파세오 상가 앞에서 꽃을 파는 아이처럼 될지도 모른다. 내가 먼저 구걸을 하게 될지도 모른다는 말이다. 구걸에 익숙해지면 자존심을 잃어버리게 될 거고, 자존심을 잃어버리고 나면 양심도 잃어버리게 될 거고, 그러다 보면 훔치게 될 것이다. 훔치는 일에 아무런 죄책감을 느끼지 않게 되는 날이 올까 봐 두렵다. 그때가 되면 나는 나를 어떻게 생각하고 있을까. 정말 사람이 생활비 때문에 너무 고통을 받다 보면 별별 생각을 다 하게 되나 보다.

도둑이 되지 않으려면 사모님에게 받은 물건값만큼 뭔가 보답을 해야겠다. 나는 도둑이나 거지가 되고 싶지 않다. 엄마를 위해서라도 염치를 차리고 있어야 한다. 밀린 생활비는 나중에

갚으면 되지만 잃어버린 체면은 찾을 수 없기 때문이다. 그러나 어떤 일로 사모님에게 보답해야 할지 모르겠다. 하지만 잊지 않고 있다가 꼭 보답할 것이다.

이렇게 생각하니 사모님이 준 초콜릿을 먹는 일이 부끄럽지 않다. 초콜릿을 한번에 다 먹지 않으려고 두 조각만 잘라 먹고 나머지는 냉장고에 넣어 두었다.

사모님이 준 물건들 중에서 고소미 한 봉지는 살라망고 아줌마한테 줄 생각이다. 그래서 오늘 산책은 발걸음이 조금 가볍다.

살라망고 아줌마는 오늘도 빨래를 널고 있다. 빨래를 널기 위해 태어난 사람 같다. 전에 우리 엄마도 손님이 많았던 날은 수건을 건조대에 빽빽하게 널었던 것이 생각난다. 노란색이나 하늘색 수건이 가득 널린 건조대는 '행복'과 비슷한 어떤 것이었다. 수건이 많이 널려 있다는 것은 엄마의 수입이 많다는 것이고, 엄마의 수입이 많다는 것은 엄마와 나의 생활이 편하다는 뜻이 되니까. 그래서 수건이 가득 널린 건조대는 보는 것만으로도 마음을 안정시키는 힘이 있었다.

살라망고 아줌마도 빨래를 널고 나서 나와 비슷한 기분을 느낄지 궁금하다. 새로 온 우리 모넷가 아떼 디엠은 빨래를 대충대충 줄에 걸어 놓는데 살라망고 아줌마 빨래는 어딘지 보살핌을 받는 아이처럼 잘 정돈되어 있다.

엄마가 수건을 널 때면 한 장씩 탁 탁, 털어서 정확하게 반이 접히도록 한 줄에 세 장씩 널었다. 살라망고 아줌마의 빨래는 우리 엄마 수건만큼은 아니지만 그래도 모넷가 아떼 디엠이 널어 둔 빨래보다는 훨씬 단정하게 걸려 있다.

엄마가 수건을 탁 탁, 터는 소리를 들으며 수학 문제를 풀면 이상하게도 답이 쉽게 나왔는데, 살라망고 아줌마는 그 정도는 아닌 것 같다. 아줌마는 미용사가 아니라서 그럴지도 모른다.

나는 살라망고 아줌마가 나를 알아챌 때까지 가만히 서서 빨래 너는 모습을 보고만 있어도 좋다. 마침내 아줌마가 빨래를 다 널고 돌아서다가 나를 발견했다. 우리는 서로 알아보고 웃었다.

대화할 마땅한 언어는 없지만 마음은 통하는 사이라서 서로가 반가워한다는 것을 안다. 나는 이제 아줌마가 마당으로 들어오라고 손짓하지 않아도 아줌마네 마당으로 들어간다. 오늘따라 내 발걸음이 당당하다는 것을 느낀다. 내가 아줌마한테 줄 것이 있어서 이러는 것인지도 모른다.

살라망고 아줌마 앞에 고소미 비스킷 한 봉지를 내민다. 아줌마는 놀라면서 내가 내민 고소미를 받아든다. 살라망고 아줌마는 누군가 자기에게 뭘 주면 이 사람이 무슨 이유로 나에게 이것을 주는가? 의심하는 바보 같은 어른은 아니라서 내가 준 고소미를 받고 아주 기뻐한다.

역시 살라망고 아줌마에게 무엇이라도 준 것은 잘한 일이다. 나는 언젠가 여기 산타로사 빌리지를 떠날 것이다. 내가 서울로 돌아가게 되어도 아줌마는 한참이나 더 여기서 살게 될지도 모른다. 어쩌면 죽을 때까지 여기서 살 수도 있다. 여기는 아줌마가 태어난 나라이고, 아줌마는 나처럼 영어를 배우러 유학 갈 필요도 없으니 말이다.

아줌마가 보기에 나 같은 한국 아이들은 흔하고 흔할 테지만, 그래도 살라망고 아줌마와 친구가 되려는 아이는 거의 없을 게 분명하다. 아이들은 살라망고 아줌마처럼 엉덩이만 기형적으로 뚱뚱한 데다 까만 피부를 가진 촌스러운 필리피나와는 사귀려 들지 않기 때문이다. 그것이 걱정이기는 하지만 뭐 어쩔 수 없는 일이다.

어쨌든 살라망고 아줌마는 내가 떠나고 나서도 여기 있을 것이고, 빨래를 널 때면 가끔 내 생각이 날지도 모른다. 바로 그럴 때 오늘 내가 준 고소미를 생각하면서,

'어떤 한국 아이가 나를 좋아했는데, 그 아이가 참 보고 싶다!'

라고 생각해 주기를 바라기 때문이다.

이런 생각들을 하는 내 표정이 심각해 보였던지 아줌마가 서울로 돌아가냐고 묻는다. 나는 바로는 아니고 얼마 더 있으면

가게 될 것이라고 답했다.

알다시피 살라망고 아줌마와 나는 길고 깊은 대화를 말로 나눌 수는 없지만 마음으로는 나눌 수 있기 때문에 아주 간단한 단어 몇 개로도 이런 말들을 주고받을 수 있다.

"주스 마실래?"

아줌마가 묻기에 나는 오늘은 마시고 싶지 않다고 사양한다. 오늘은 정말 아무것도 마시고 싶지 않아서다.

아줌마가 고소미를 빨래 바구니에 넣더니 내 손을 잡아끌고 두리안나무 밑에 와서는 손으로 두리안 열매들을 죽 가리킨다. 하나 고르라는 말이다.

나는 싫다고 한다. 이럴 생각으로 고소미를 준 것이 아니라고 항변한다. 그러자 아줌마가 나와 정면으로 얼굴을 마주 보도록 허리를 구부리고는 내 눈을 과녁 보듯이 똑바로 쳐다본다. 그래서 나는 잘 모르겠다. 나는 두리안을 고를 줄 모른다. 나는 두리안을 먹을 줄도 모른다. 먹어 본 적도 없다. 그러니까 안 줘도 되지만 꼭 주고 싶다면 저기 참외 크기만 한 작은 두리안으로 하나 달라고 한다.

"이건 두리안이 아니야."

살라망고 아줌마가 갑자기 생각난 듯이 말한다. 두리안이 아니면 뭐냐고 물었다.

"잭푸르트."

살라망고 아줌마 말에 의하면 잭푸르트는 두리안과 비슷하게 생겼지만 두리안보다 덜 위험한 열매라고 한다. 두리안은 열매 껍질을 둘러싼 가시가 더 뾰족하고 억세다고 한다. 두리안 농장에서 주의하지 않고 다니다가 두리안이 떨어져 머리에 맞기라도 한다면 정말 크게 다친다는 거다. 그래서 두리안 농장에서 일하는 사람들은 군사용 철제 모자를 쓰기도 한다고 했다. 두리안의 억센 가시에 비하면 잭푸르트는 덩치만 컸지 순한 편이라고 했다.

"맛은 같아."

살라망고 아줌마가 두리안이나 잭이나 맛은 같은 열매라고 강조했다.

나는 이 열매가 두리안이든 잭이든 상관없다. 살라망고 아줌마네 마당에 서 있는 나무가 폭탄처럼 터지는 열매를 매다는 나무라 해도 나는 이 나무들을 보러 매일 왔을 것이다. 그리고 이 열매의 이름이 무엇이든 나는 계속 두리안이라고 생각할 것이다. 그런 생각을 손짓 발짓을 섞어 말하는 나를 살라망고 아줌마가 끝까지 들어 준다.

내 말이 끝나자 살라망고 아줌마가 커다란 손을 허리에 척 올리고 나무 여기저기를 한참 둘러보더니 정말이지 커다란 열매 하나를 가리킨다. 예전에 외할머니가 먹기 아깝다고 하던 늙은 호박만 한 열매다.

아줌마 얼굴을 보니 내가 고른 것은 아직 익지 않은 것이고, 자기가 고른 것이 잘 익었다는 것 같다. 갑자기 아줌마가 집 안으로 뛰어 들어간다. 집 안으로 들어갔던 아줌마가 직사각형 모양으로 생긴 부엌칼을 들고나온다. 무지막지하게 생긴 부엌칼로 매달려 있는 두리안 꼭지를 툭, 툭, 쳐서 떨어뜨린다.

아줌마네 마당에 열린 열매 중에서 가장 큰 것 한 개가 떨어진 것 같다. 아줌마는 억센 가시 같은 껍질로 뒤덮인 두리안을 빨래 바구니에 담더니 가자고 한다. 그러니까 내가 사는 곳까지 두리안을 갖다 주겠으니 앞서라는 소리다. 하긴 아줌마가 딴 두리안은 너무 커서 내가 들고 갈 수도 없다.

태양은 아주 뜨거워서 모자를 쓰지 않고 거리를 걷는 것은 달군 오븐 속에 머리를 들이미는 것만큼 위험하다. 그렇지만 아줌마와 나와 두리안이 함께 걷고 있으니 뜨거운 것도 모르겠다.

살라망고 아줌마가 커다란 두리안을 거실 탁자에 내려놓고 손을 탁탁 턴다. 그러고는 얼마 전에 새로 들어온 모넷가 아떼 디엠과 따갈로그로 몇 마디를 나눈 후에 돌아간다.

목이 짧고 어깨가 넓어서 아이들 사이에 거북이로 통하는 아떼 디엠은 셰익스피어가의 주방 아떼들 중에서 가장 나이가 많은 셸리의 친동생이다.

아직 열일곱 살밖에 안 됐는데 돈을 벌려고 산타로사 빌리지에 온 것이다. 디엠은 기회만 되면 자기가 살던 시골로 돌아가고 싶어 한다.

디엠은 공부도 싫고, 돈도 싫고, 오직 자기가 살던 마을에서 가족과 함께 살고 싶어 한다. 아주 단순한 소원인데 그 소원 때문에 셸리가 골치를 썩는다. 기껏 일자리를 구해서 데리고 왔더니 매일 돌아갈 궁리만 하고 있어서 그렇다.

우리도 디엠에게 불만이 많다. 디엠이 빤 빨래는 여기저기 얼룩이 지고 세탁도 제대로 되어 있지 않다. 락스와 세제를 어떻게 사용해야 하는지 관심도 없고, 가르쳐 줘도 배우려 들지 않는다고 사모님한테 잔소리 듣기 일쑤다. 표백제인 락스를 써야 할 곳에 세제를 쓰고, 세제를 써야 할 곳에 락스를 부어서 옷을 망쳐 놓은 경우가 한두 번이 아니다.

어제는 안나 언니의 검정색 바지에다 락스를 뿌려서 호피 무늬를 만들어 놓았다. 그 바지는 안나 언니가 특별히 아끼는 바지였다. 그 바지는 통통한 안나 언니의 하체를 날씬해 보이게 만들어 주는 디자인이라서 그렇다. 화가 난 안나 언니가 비싼 바지라고 하니까, 그럼 물어 주겠다고 큰소리를 탕 쳤다. 아직 첫 월급도 안 받은 사람이 배짱도 좋게.

다행히 디엠의 언니 셸리가 디엠 대신 미안하게 되었다고 사과하고, 사모님도 거들어 주어서 바지값은 물어 주지 않아도 되었다.

디엠은 빨래뿐 아니라 청소도 정말 대충한다. 소파나 침대 밑으로 먼지를 쓸어 넣어 버린다. 그러면 사모님이 디엠의 언니 셀리를 데리고 와서 침대 밑과 소파 밑을 다시 청소시킨다. 셀리가 바쁘면 데니슨가 다른 아떼가 불려 온다. 그래서 데니슨가 아떼 사라는 디엠을 싫어한다. 그런데도 디엠은 자기 언니 셀리나 다른 아떼들한테 대들면 대들었지 미안하다고 하지 않는다. 그래서 디엠을 해고하자는 소리가 아떼들 사이에서 나올 지경이다.

오늘도 청소는 대강 해치우고 자기가 살던 시골로 도망갈 궁리만 하던 디엠이 살라망고 아줌마가 주고 간 두리안 열매를 잘 아는 동네 사람을 만난 듯이 반가워한다.

나도 디엠을 좋아하는 것은 아니지만 식탁의 두리안을 황홀한 표정으로 바라보는 디엠을 보니 그동안 내 양말이나 티셔츠를 망쳐 놓은 일 정도는 용서할 마음이 생긴다.

나는 내 친구 살라망고 아줌마가 준 선물 때문에 순식간에 관심의 초점이 되고 말았다. 셰익스피어가에 사는 아이들과 데니슨가의 남자아이들까지 모두 두리안을 구경하러 왔다.

살라망고 아줌마가 준 두리안 맛은 참 별로다. 냄새는 파인애플과 발 고린내 중간쯤이다. 이렇게 낯선 냄새를 풍기는 과일을 맛있게 먹기란 쉽지 않은 일이다.

사모님은 이런 열매를 두고, 처음 먹어 보는 사람은 이 맛을 이해하지 못하지만 한번 맛이 들면 중독되는 것이 바로 두리안이나 잭푸르트라고 설명해 준다. 썩은 냄새를 풍기는 홍어회를 돈 주고 사 먹는 것을 이해할 수 있다면 이 두리안 맛을 이해할 수 있을 것이라는 말도 한다. 아무튼 여기 필리핀에서는 사랑받는 과일 중에 하나라는 사실이 두리안 자신을 위해서 다행이다.

맹세를 한다고 해서 될 일은 아니지만, 살라망고 아줌마를 평생 동안 잊어버리지 않을 것이라고 속으로 혼자 조용히 맹세한다. 또 아줌마의 이름이 '훼 살라망고'이며 '칼람바' 근처에서 태어났다는 것도 잊지 않게 해 달라고 기도한다.

내가 서울로 돌아가고, 엄마를 영영 만나지 못하고 보육원이나 고아원에서 자라 초라하게 살아간다 하더라도, 이 세상 어느 구석에 살라망고 아줌마가 살고 있으며, 그 아줌마도 나를 기억하고 있다는 것을 생각할 것이다.

사모님이 준 물건 중에서 블랑카한테는 깐톤 한 개를 주고 사라인선 언니한테는 치약을 주었다. 그러자 블랑카가 묻는다.

　"생활비 왔어?"

　사라인선 언니는 내 눈치를 살핀다. 블랑카의 질문에 나는 아니라고 답한다.

　"그럼 이건 어디서 난 거야?"

　"사모님이 준 거야."

　"그런데 왜 이걸 날 줘?"

　"선물이야."

　"이런 선물 받고 싶지 않아."

블랑카가 깐톤을 내 책상 쪽으로 쭉 밀어 보낸다. 내가 다시 블랑카 쪽으로 미는데 블랑카가 더 센 힘으로 밀어 보낸다.

사라인선 언니가 거든다.

"그냥 받아 둬. 선물이라잖아."

"언니는 지금 유니스한테 선물 받을 마음이 생겨요?"

"그럼! 이런 선물이 더 좋은 거지."

"네 엄마한테는 진짜 연락이 없는 거야? 거짓말 같아."

블랑카가 너무도 천진하게 말하는 바람에 내 이야기를 물어본 것이 아니고 다른 아이 이야기인 것만 같다.

"뭐 그런 엄마가 다 있니!"

블랑카의 말은 나를 생각해서 하는 말이라는 것을 알기 때문에 반박할 생각이 없다. 게다가 오늘은 엄마를 변호할 마음도 없다. 블랑카 말대로 엄마는 아주 나쁜 년이다. 아무리 사정이 어려워도 그렇지 딸을 버리다니, 그것도 이렇게 먼 나라에, 절대 용서할 수 없다.

"너무 걱정하지 마. 엄마에게 말 못할 사정이 생겼을 수도 있잖아. 세상에 부모에게 버려지는 아이가 너 하나뿐인 것도 아니니까 속상해할 필요는 없어."

사라인선 언니가 내 마음을 달래 준다.

"그래도 이건 흔치 않은 일이에요."

블랑카가 또 사라인선 언니에게 대든다.

"그래 흔하지 않지. 하지만 가끔 일어나는 일이야."

"난 처음 봤어요. 이런 일."

블랑카가 사라인선 언니에게 질 생각을 하지 않는다. 아마 미키윤수 일이 아직도 블랑카의 마음을 꽁꽁 얼려 두고 있는 모양이다.

"경우만 다를 뿐, 나도 버려진 쪽에 속해."

"유니스랑은 다르죠. 생활비가 끊긴 건 아니잖아요."

"그놈의 생활비, 그게 문제지. 생활비가 온다고 해서 안 버려진 거라고는 말 못하지. 나는 아버지와 어머니가 헤어지면서 서로 안 키우겠다고 싸우던 자식이었는걸. 그러다가 나를 떠맡게 된 아버지가 재혼한 여자에 대한 예의로 나를 유학 보낸 거니까, 차라리 생활비가 없어서 버린 게 훨씬 인간적인 거 아닐까?"

"그래서 언니는 방학에도 서울에 안 가는 거였어요?"

말해 놓고 나서 블랑카는 자기가 무엇을 잘못했는지 이제 알았다는 듯이 입을 다문다.

나는 이제 철없는 블랑카를 미워하지도 않을 것이고, 이해할 수 없어서 힘들지도 않을 것 같다. 철이 없다는 것은 아직 인생을 모른다는 말이다. 그러니까 아직 인생이 무엇인지 잘 모르는 블랑카가 하는 말이 내 마음을 아프게 할 수는 없다는 말이다. 이건 사라인선 언니도 마찬가지인가 보다. 블랑카에게 화를 내지 않는 것을 보니.

사라인선 언니는 화내는 대신 이렇게 말했다.

"나는 지금 생활에 만족해. 나는 나대로, 아버지는 아버지대로, 엄마는 엄마대로, 서로 불편하게 엉기지 않는 지금이 좋아. 그래서 하는 말인데, 엄마가 일찌감치 자기 역할을 포기해 주는 것도 아주 나쁜 일만은 아니란 거야. 물론 유니스가 좀 더 크면 알겠지만, 아무튼 앞으로 몇 년 간이 문제이긴 하다. 네가 혼자 살기에 너무 어리다는 게 문제야. 하지만 사람이 아주 죽으란 법은 없는 거니까."

사라인선 언니가 이런 말을 했다고 해서 내 사정이 달라지는 것도 아니고 걱정이 사라지는 것도 아니다. 나는 여전히 엄마에게 버려진 아이다. 엄마한테서 연락이 올 때까지는 변하지 않는 내 사정이다.

어쩌면 엄마에게서 연락이 온 뒤에도 나는 버려졌던 아이라는 꼬리표를 달고 살아야 할지도 모른다. 하지만 그런 시시껄렁한 고민들은 나중에 해도 된다. 중요한 것은 엄마가 언제쯤 연락할 것이냐! 그것뿐이다.

내 입장에서 보면 엄마는 나쁜 년이 분명하다. 그래도, 아니, 그래서 나는 더 걱정이다. 엄마는 철없는 블랑카 같은 사람인지도 모른다.

엄마도 자라면서 고생을 했다지만 외할머니에게 버려진 적은 없었다. 외할머니에게 들은 말들을 종합해 보면 엄마의 아버지는 마음속에 바람이든 사람이거나, 애초에 아버지 역할을 할 마음이 없었던 사람인 것 같다. 그런 남자의 유전자를 이어받았으니까 엄마가 철이 안 들었을 수도 있다는 말이다. 철이 없는 사람에게 책임감을 기대할 수는 없다.

내 추측이 틀렸다면 엄마가 믿고 의지하던 여성 잡지 속의 유명 인사들의 인생관을 엄마가 본받고 있는 것일 수도 있다.

아니, 어쩌면 엄마는 내가 집을 나가 버린 외할아버지를 많이 닮았다는 외할머니의 말에 엉뚱한 영향을 받아서 아버지에 대한 복수로 나를 버린 것일 수도 있다. 다시 생각해 보니 이건 틀린 추측 같다. 외할머니는 내가 외할아버지를 쏙 빼닮은 점을 무척 자랑스러워했다. 내가 다리를 접고 앉는 방식까지 외할아버지를 닮아서 아주 곱다고 했었다. 집 나간 외할아버지를 나쁘게 생각하지 않는 것을 보면 외할아버지가 친절한 남자였거나, 아니면 외할머니에게 남자에 대해 어떤 환상을 가지게 할 만큼 근사한 남자였는지도 모른다. 아무튼 외할아버지를 좋게 기억하는 외할머니를 보면 엄마에게도 외할아버지는 나쁜 아버지로만 남아 있지는 않을 것이다. 그러니까 외할아버지가 집 나간 일에 대한 복수로 나를 버렸다는 말은 취소다.

뭐! 어쨌든 좋다.

그 누구의 영향이든 엄마가 몇 개월째 나에게 전화 한 통 안 하고 생활비조차 보내지 않는다는 사실이 바뀌는 것은 아닐 테니까!

어쩌면 엄마가 하던 미용실을 인계 받은 아줌마는 내가 모르는 엄마의 친구일 수도 있다. 그래서 엄마의 부탁을 받고 일부러 엄마를 모른다고 하는 것일 수도 있다. 언젠가 엄마가 미용사들끼리는 한 다리 건너면 다 아는 사이라고 했던 말이 기억난다. 오늘은 그 점을 좀 알아봐야겠다.

사라인선 언니는 내가 미용실에 전화하는 일을 달가워하지 않는다. 저쪽에서 받지도 않는 전화기를 붙잡고 있는 횟수만큼 상처를 받게 될까 봐서다. 나는 나이에 비해 상처를 너무 크게 안고 있는데 거기다 더 많은 상처를 받으면 내가 견디지 못할까 봐 걱정하는 것이다.

사라인선 언니는 서울에 절대로 전화하지 않는다. 서울에서 전화가 와도 아주 냉정하게 받는다. 이런 걸 보면 사라인선 언니도 아직 철이 덜 든 구석이 있다.

오후에도 할 일이 없는 나는 빌리지나 한 바퀴 돌려고 집 밖으로 나왔다. 생활비가 제 날짜에 오던 때 같으면 오후에도 할 일이 많았을 것이다. 영어 가정 교사와 두 시간씩 영어 회화 수업도 하고, 사모님이 짜 준 시간표에 맞춰 국어, 사회, 수학, 과학 문제집도 풀어야 했을 것이다.

지금은 아무리 빈둥거려도 아무도 참견하지 않는다. 물론 다른 아이들은 예전의 나처럼 바쁘다. 지금 나는 예전의 내가 아니다. 그래서 내가 문제집을 풀든 말든 아무도 신경 쓰지 않는다. 사모님만 간혹 문제집을 뒤적거려 보는 눈치지만 공부를 강요하지는 않는다.

나는 몇 개월 전의 내가 어떤 아이였는지 기억나지 않는다. 예전의 나와 지금의 나는 완전히 다른 사람 같다. 오늘이라도 엄마한테서 연락이 오고 다시 생활비가 오기 시작한다면 아무 일도 없었던 것처럼 다시 예전으로 돌아갈 수 있을지 의문이다. 그때가 되면 지금의 나를 잊고 완전히 다른 내가 될 수 있을까? 지금의 내가 내 기억 속에 있는 한, 그때의 나 역시 지금의 나와 다르지 않을 것 같다는 생각이 든다.

　모두 나와 엄마를 속으로는 비웃으면서도 겉으로 조심하고 있다는 것을 나도 안다. 그래서 내가 오후 세 시, 이 뜨거운 시간에 살이 두 개 부러진 검정색 우산을 양산 대신 들고 산책에 나서는 것이다.

　살라망고 아줌마네 집 앞을 지나가지 않으려고 늘 다니던 방향과 반대로 걷기 시작한다. 살라망고 아줌마는 아침에도 만났기 때문에 오후에 또 만나고 싶지 않다. 아무리 서로 좋아하는 친구 사이라도 하루에 두 번씩이나 찾아가는 것은 삼가고 싶다. 내가 비록 시간이 남아돌지만 그래도 오후에는 무언가 할 일이 있고, 그 할 일을 열심히 하는 사람으로 아줌마에게 비쳐지기를 원하기 때문이다.

　그래서 데니슨가 11호부터 시작되는 길이 아니라 데니슨가 27호 모퉁이 길을 돌고 있는 중이다. 막 모퉁이를 도는데 뒤에서 '빵빵' 차 소리가 들린다. 두 걸음 비켜서서 보니까 데니슨 아줌마가 차 창문을 내리고 나를 내다본다.

"어디 가니?"

"산책 중이에요."

"우리 집에 갈래?"

나는 생각해 보는 척하다가 대답한다.

"좋아요."

뭐가 우스운지 데니슨 아줌마가 웃는다. 웃는 모습이 너무 근사해서 사진을 한 장 찍어 두고 싶은 생각이 다 든다. 저 정도로 멋진 웃음이라면 『마닐라 불리틴』 1면에 실려도 좋을 것이다.

"그건 뭐니?"

"아, 이거요? 태양이 너무 뜨거우니까요. 아무것도 안 쓰는 것보다는 나아요."

나는 검정색 우산을 접고 아줌마 옆자리에 올라앉는다.

"바쁜 시간 아니니?"

"전에는 그랬지만 요즘은 한가해요. 하루 종일 한가해 죽겠는걸요."

"공부는 안 하니?"

"하고 싶지 않아요."

"그래도 해야지."

공부에 대해서는 아무리 멋진 어른도 창의적인 대답을 하지 못한다는 것을 알지만 데니슨 아줌마처럼 멋진 아줌마마저 시시한 대답을 하는 것을 들으니 별수 없이 공부를 좀 해야겠다는 생각이 든다.

"아줌마는 어디 갔다 오세요?"

"루스에."

"제임스 아저씨도 가끔 거기 가던데 거기 마사지 잘해요?"

"글쎄."

"아줌마도 관절염 있어요? 제임스 아저씨는 관절염 때문에 마사지 받는대요."

"아니, 나는 마사지 받는 게 그냥 좋아."

"모르는 사람이 만지는데 징그럽지 않아요?"

"너처럼 어린아이는 어떻게 생각할지 모르겠지만, 나 같은 어른이 되고 보면 누군가 만져 주는 게 힘이 될 때가 있단다."

"모르는 사람이 만지는 건데도요?"

"모르는 사람이 더 편하지. 아는 사람은 성가시기만 하지. 모르는 사람이 내가 내는 돈만큼 만져 주는 거니까 오히려 부담이 없단다."

마사지 이야기를 하면서 우리는 어느새 아줌마네 거실에 와 있다.

"그럼 아줌마는 스트레스 풀려고 루스에 가는 거네요."

"글쎄, 스트레스보다 위로를 받는 거지. 누군가 나를 정성껏 만져 주고, 쓰다듬어 주고, 기분을 맞춰 주려고 애쓰는 것을 느끼면 위로 받는 기분이 들거든."

"아줌마가 좋아서가 아니라, 돈 받고 해 주는 일인데도 위로가 돼요?"

"그런 것 같네."

"아줌마는 친구 안 만나요?"

"사람들은 나를 좋아하지 않는단다."

"왜요?"

"내가 사람들을 싫어하는 이유와 비슷하겠지."

"아줌마는 왜 사람들을 싫어하는데요?"

"그야, 사람들이 나를 좋아하지 않는 이유와 같겠지."

"그러면 아줌마는 외로워서 마사지 받는 거네요. 사라인선 언니는 외로우면 식빵을 먹고, 우리 엄마는 외로우면 맥주를 마셨어요."

"너는 외로울 때 어떻게 하니?"

"나는 두리안나무 숲을 보러 가거나, 빌리지를 한 바퀴 돌아요. 정말 못 견딜 것 같을 때는 라구나 언덕에 가고 싶지만 거긴 정문을 통과해야 하기 때문에 일요일에만 갈 수 있어요."

"그 언덕은 어디니?"

"대학 캠퍼스와 교회가 있는 언덕이요. 거기에 망고나무 숲이 있어요. 아줌마도 한번 가 보면 좋아할 만한 언덕이에요."

"우리 피자 시켜 먹을까?"

"네! 돈은 아줌마가 내야 돼요."

"물론이지, 내가 초대했잖니."

"언니들은 어디 갔어요? 요즘 안 보여요."

"그 애들은 서울에 갔단다."

"치과 의사 자격증 땄어요?"

"응, 이제 엄마는 필요 없는 나이들이 되긴 했지."

"아줌마는 안 가요?"

"가야겠지. 그런데 너는 엄마한테 아직 연락 없니?"

"아직요."

"내가 공연한 걸 물어봤구나."

"걱정 마세요. 이제 그런 질문에 상처 받지 않아요."

"너 여기서 나랑 둘이 살래?"

아줌마의 말에 뭐라고 대답을 못 하겠다. 왜냐하면 아줌마가 깊이 생각하지 않고 순간적으로 하는 말 같아서다. 아줌마가 기분 내키는 대로 하는 말을 가지고 너무 심각하게 생각할 필요는 없다는 생각이 든다. 아줌마는 어쩌면 순간적으로 외로움 수치가 한계에 도달했을 수도 있다. 아니면 순간적으로 내가 너무 불쌍해 보였을 수도 있다.

"왜요? 왜 나랑 살고 싶어요?"

아줌마가 말이 없다. 내가 뭔가 잘못된 질문을 한 모양이다.

"……."

아줌마가 뭐라고 말한 것 같다. 너무 작은 소리로 말해서 잘 알아듣지 못하겠다.

아줌마는 거실에 있는 텔레비전을 틀어 주고, 이층에 있는 방으로 올라가 옷을 갈아입고 내려왔다. 어떤 옷을 입어도 예쁜 사람은 흔하지 않다. 데니슨 아줌마가 바로 그 흔하지 않은 사람들 중에 한 명인 것 같다. 헐렁한 트레이닝 바지에 가슴이 푹 파인 군청색 티셔츠를 입어도 아주 근사해 보여 하는 말이다.

이런 아줌마가 나 같은 아이를 키운다는 것은 어색한 일이 맞다. 나는 나에게 맞는 사람과 살아야 할 것 같다. 아무 때나 얼굴을 비벼도 화장 망가질 걱정 따위는 안 해도 되는 아줌마가 나한테는 어울린다. 궁지에 몰린 주제에 너무 따진다고 생각하지는 말기 바란다.

데니슨 아줌마가 정말로 아이를 입양하고 싶다면 아줌마 수준에 맞는 아이를 입양해야 한다는 게 내 생각이다. 아무튼 나는 아니다. 내가 아줌마와 함께할 수 있는 일은 라구나 언덕에 가는 정도라는 생각이 든다.

"라구나 언덕에 같이 가 줄 수는 있어요."

"그 언덕이 그렇게 좋은 곳이니?"

아줌마가 묻는다. 나는 벌써 라구나 언덕 망고나무 아래 서 있는 기분이 되어 숨을 크게 들이쉬고 말한다.

"거긴 바람이 많이 불어요. 바람이 불면 망고나무 잎사귀들이 일제히 싸 싸 싸, 소리를 내면서 몰려 나가는데…… 근사해요……. 아줌마도 한번 가 보면 마음에 들 곳이에요."

"한번 가 보고 싶구나."

"제가 안내할 수 있어요."

"언제 꼭 같이 가자."

"언제요?"

"날을 잡아 볼게."

"약속해요?"

"그래. 약속해."

피자가 왔다. 아줌마가 자주 들고 다니는 악어껍질 무늬 핸드백에서 지갑을 꺼낸다. 아줌마가 꺼낸 지갑은 빨간색에 초록색 체인 문양이 들어간 지갑인데 정말 비싸 보인다. 아줌마가 가지고 있는 물건은 무엇이든지 다 우리 엄마가 가지고 싶어 할 법한 것들이다.

지퍼가 열린 백 안이 훤히 들여다보인다. 나는 정말로 남의 백 속을 들여다보는 것은 취미 없다. 특히 아줌마들 백에는 뭐가 들어 있는지 알기 때문에 더욱 관심 없다. 우리 엄마도 아줌마니까 하는 말이다. 온갖 영수증 뭉치에, 화장품에, 일회용 휴지에, 까스활명수에(우리 엄마는 잘 체한다), 게보린에, 생리대에, 스타킹에, 여름에도 비상용으로 넣고 다니는 머플러 같은 것이 있을 게 뻔하다.

아줌마 백 속에는 우리 엄마 백 속에는 없는 것이 한 가지 더 있다. 바로 권총이다. 나는 총에 대해서는 아는 게 없기 때문에 권총이라는 것밖에 설명할 수 없다. 라이터로 쓰이는 총은 본 적이 있다. 서울 있을 때 엄마가 사귀는 아저씨가 방아쇠를 당기면 불꽃이 확 올라오는 라이터 총을 가지고 와서 엄마를 놀라게 한 적이 있어서 안다. 그런데 데니슨 아줌마 백에 있는 총은 라이터는 아닌 것 같다. 플라스틱에 은빛 칠을 한 것이 아니라 진짜 쇠뭉치라는 게 만져 보지 않아도 느껴진다. 우주 한구석에 있던 소행성 하나가 그 질량 그대로 부피만 야구공만 하게 줄어들어서 아줌마 가방에 들어 있는 것 같다.

피자 배달부가 가고 데니슨 아줌마가 피자 상자를 펼치는 틈을 타서 내가 묻는다.

"아줌마, 총 가지고 다녀요?"

"봤니?"

"왜, 총 같은 걸 가지고 다녀요?"

"호신용이지."

호신용이라는 말을 듣자 갑자기 든든하게 느껴진다. 적어도 아줌마는 누가 위협을 가할 때 징징 울지 않고 총을 들고 자신을 방어할 마음의 준비가 되어 있다는 뜻이니까.

말한 적 있지만 이곳은 아주 위험한 곳이다. 사람들이 나빠서 위험한 것이 아니라 부자와 가난한 자의 격차가 심해서 위험한 곳이라고 사라인선 언니가 말한 적이 있다. 2퍼센트의 부자들과 98퍼센트의 가난한 자들이 있다. 이 차이는 98퍼센트에 해당하는 사람들에게 절망과 수치심을 안겨 주기 때문에 2퍼센트에 해당하는 사람들은 늘 위험에 처해 있는 것이다.

여기서 2퍼센트에 속하는 사람들은 중국인과 백인, 일본인, 그리고 어떤 한국인들이다. 필리핀 현지 사람들은 대부분 98퍼센트에 속한다. 제임스나 데니슨 아줌마도 필리핀 사람들이 보기에는 2퍼센트에 속하는 사람들이다. 그래서 위험에 노출되어 있는 셈이다.

이런 위험에 대해 데니슨 아줌마가 대비하는 것은 당연하다. 제임스가 장총을 침대 밑에 넣어 두는 것보다 데니슨 아줌마가 권총을 악어 백에 넣어 가지고 다니는 일이 더 든든하다.

"한번 봐도 돼요?"

"위험해서 안 돼."

"총알도 들어 있어요?"

"그래."

아줌마가 지갑을 백에 넣고 지퍼를 채워서 장식장 서랍 속으로 백을 거세게 던져 넣는 것을 보니 더 이상 총에 대해 물어보지 말아야겠다는 생각이 든다.

아무튼 아줌마가 총을 가지고 있고, 그 총으로 자신을 방어할 준비를 갖추고 있다는 생각을 하니 마음이 놓인다.

내가 공연히 총 이야기를 물어봤기 때문인지 아줌마는 말도 없고 표정도 어둡다. 데니슨 아줌마 같은 사람도 늙어 보일 때가 있는데, 바로 지금이다. 어쩌면 지금 이 얼굴이 전혀 위장하지 않은 얼굴일 수도 있다는 생각이 든다. 하여튼 여자들은 화장품이나, 마사지나, 태도나, 심리적인 어떤 결심 같은 것 때문에 종종 나이와 다르게 보일 수도 있는 거니까. 지금 데니슨 아줌마 얼굴은 우리 엄마가 혼자 술을 마실 때처럼 평소보다 십 년은 늙어 보인다.

데니슨 아줌마가 나를 좋아한다는 것은 알겠는데, 살라망고 아줌마처럼 마음을 활짝 열어 주지는 않는 것 같다. 이런 것은 눈에 보이는 것이 아니라 기분으로 느끼는 어떤 것이기 때문에 확신할 수는 없다.

데니슨 아줌마한테 변변한 말 상대도 못 되어 주고 피자만 먹고 나오는 게 어쩐지 미안하다. 데니슨 아줌마는 무슨 말인가를 할 것처럼 보이기도 하고, 할 말이 많은 사람처럼 보이기도 하는데, 결국 별다른 말 같은 것은 하지 않았다. 이럴 때만큼은 내가 열세 살짜리 아이라는 사실이 답답하다.

그나마 데니슨 아줌마와 라구나 언덕 망고나무 숲에 함께 가기로 한 약속 때문에 마음이 심하게 답답하지는 않다. 다음 주 수요일쯤으로 아줌마가 날짜를 정했으면 좋겠다.

오늘 사라인선 언니와 라니네 집에 가기로 되어 있다. 얼마 전에 라니의 아들 케빈이 산타로사 빌리지에 놀러 왔다가 넘어져서 입술이 찢어지는 사고가 있었다. 그때 사라인선 언니가 '마데카솔 연고'를 발라 주고, 남은 마데카솔 튜브를 쓰라고 주었다.

이곳에서는 사소한 의약품이 귀하다. 병원비가 무지하게 비싸서 라니와 같은 가난한 필리핀 사람들은 죽을 지경이 아니고서는 병원에 가지 않는다고 한다. 그래서 해열제나 설사약이나 후시딘 연고 같은 비상 약품이 인기다.

라니는 전에도 아들 때문에 사라인선 언니에게 아스피린을 얻어 간 적이 있고, 이번에는 마데카솔을 얻어 갔기 때문에 무척 고마워한다. 그 답례로 오늘 점심 식사에 사라인선 언니를 초대했다. 그 덕에 나도 함께 간다.

나는 라니의 초대보다 망고나무 숲을 일요일이 아닌 토요일에 볼 수 있다는 사실에 약간 흥분했다. 토요일의 망고나무 숲과 일요일의 망고나무 숲이 뭐 얼마나 다르겠는가? 하지만 나처럼 외출이 제한된 데다 학교도 못 간 채 일주일 내내 빌리지에 갇혀 지내는 입장이 되면 토요일의 망고나무 숲과 일요일의 망고나무 숲은 의미가 달라지는 법이다.

사모님은 사라인선 언니가 외출할 때 종종 나를 데리고 나가는 일에 환영 반, 걱정 반이다. 환영은 갇혀 지내는 내 입장을 생각해서이고, 걱정은 복잡한 사라인선 언니의 사생활에 내가 연루될까 봐서이다. 하지만 사모님도 사라인선 언니를 좀 안다. 그래서 걱정하면서도 나를 내보내 주는 것이다.

나로서는 사라인선 언니의 복잡한 남자 친구 관계가 좋기만 하다. 옆방의 안나 언니처럼 남자 친구도 한 명 못 사귀어 보고 심술만 부려 대는 것보다 사라인선 언니가 훨씬 인간적인 생활을 하는 것이다. 내 생각에 남자 친구의 숫자는 능력과 비례하는 것이다. 사라인선 언니가 안나 언니보다 성적도 훨씬 좋고, 책도 더 많이 읽는다. 키도 더 크고, 어깨도 더 건장하고, 마음씨도 더 넓다.

라니가 점심 식사에 초대한 것이기는 하지만 사라인선 언니와 나는 파세오 상가에 들러 장을 좀 보기로 한다. 파세오 상가는 산타로사 빌리지 정문에서 걸어서 오 분 거리에 있지만 나는 아주 오래간만에 와 본다.

나에게는 오 분 거리가 문제가 아니라 혼자서는 빌리지 정문을 통과해 나올 수가 없는 것이 문제다. 빌리지 정문을 지키는 가드들은 출입하는 사람들의 신분증을 검사한다. 이곳 주민은 물론이고 아떼들이나 운전기사들도 마찬가지다. 일시적인 방문자들에게는 더 엄격하다. 그런데 나에게는 그 신분증이 없다. 내 신분증은 여권과 함께 제임스에게 있다. 그래서 신분증이 없는 나는 정문을 통과할 수 없다. 물론 빌리지 정문을 통과하는 방법이 있기는 있다. 누군가의 신분증을 훔치거나, 사라인선 언니처럼 신분증이 있는 사람과 동행할 때다.

파세오 상가는 라구나 지역의 외국인들이나 부자 필리핀인들이 주로 이용하는 상가라서 깨끗하다. 일본식 우동집, 코닥 필름 현상소, 이탈리아 피자 전문점, 유명 의류 매장 등 없는 가게가 없다.

사라인선 언니와 나는 파세오 상가 옆에 있는 컨트리 마트에 간다. 컨트리 마트도 이 지역에 사는 외국인들이 주로 이용하는 곳이라서 시설이 깨끗한데, 사라인선 언니는 이것이 매우

불만스럽다고 한다. 시장은 시장답게 좀 지저분해야 시장 맛이 난다는 말이다.

사라인선 언니는 컨트리 마트에서 가장 방어적인 인테리어를 한 환전 상점에서 달러를 페소로 바꿀 것이다. 내가 환전 상점을 방어적인 곳이라고 하는 이유는 컨트리 마트 안에서 가장 조그만 상점이 방어용 장식은 가장 무시무시하게 하고 있어서 하는 말이다. 굵은 쇠창살과 두꺼운 유리로 둘러 막아 놓고 손이 들락거리는 구멍만 겨우 CD 반쪽만큼 뚫어 놓은 것을 보면 돈이라는 것은 이렇게 지켜야 하는가 보다, 라는 깨달음을 얻게 된다.

여기는 무기 소지가 자유로운 나라라서 누구나 돈만 있으면 총을 가질 수 있다. 남자아이들은 열두 살만 되면 총을 갖고 싶어 한다. 권총을 사기 위해 돈을 모으는 남자아이들도 있다. 이렇게 총 가진 사람들이 득실거리다 보니 환전 상점을 쇠창살로 막아 놓지 않을 수 없는 것이다.

환전 상점에서는 말이 필요 없다. 달러를 밀어 넣으면 페소가 나온다. 말 한마디 없이 달러를 바꾸는 사라인선 언니의 널찍한 등을 보니 첩보 영화의 주인공이라도 된 것처럼 대단해 보인다. 사라인선 언니의 등이 원래 좀 뭔가 있어 보이기는 한다. 남자라도 기대고 싶을 만큼 든든해 보일 때가 있다. 정말이다.

나는 컨트리 마트의 과일 상점들이 아주 마음에 든다. 여기 과일 상점들은 한 상점에 한 가지 과일만 팔기 때문에 줏대 같은 것이 있어 보여서 좋다. 파인애플 상점에서는 파인애플만 팔고 가게 이름도 단순하게 '파인애플'이다. 망고 가게의 이름은 '망고'이고 파는 과일도 망고가 전부다. 이것저것 죽 늘어놓고 애교 떠는 듯이 잘 익은 과일은 앞에 내놓고 덜 익은 과일은 뒤로 숨기는 짓은 안 한다. 물론 예외는 있어서 바나나 상점에서 파파야를 파는 경우도 있기는 하다. 그런 경우는 파파야 전문 상점이 없어서 그런 것이다.

사라인선 언니는 라니네 집에 갈 때 과일은 잘 안 산다. 라니가 과일을 돈 주고 사 먹는 것을 싫어하기 때문이다. 라니네 시골집에 가면 자다가 일어나서 손만 뻗으면 달콤한 망고를 딸 수 있는데 돈 주고 사 먹어서는 안 된다고 했기 때문이다.

그래서 과일은 구경만 하고 비늘이 많은 틸라피아를 좀 사고, 쌀 한 봉지와 버터크림이 든 빵과 케이크를 산다. 초콜릿으로 화려하게 장식된 케이크는 라니 아들이 좋아하는 것이라서 라니에게 갈 때는 될 수 있으면 사려고 한다. 어린애들은 달콤하고 화려한 것을 좋아하기 마련이다. 이런 초콜릿 케이크를 라니가 돈 주고 사 먹기 힘들다는 것도 안다. 생활비 때문에 곤란을 겪은 사람이라면 마음 놓고 케이크 하나를 사 먹는 게 얼마나 힘든 일인 줄 알 것이다.

이스트 냄새가 푹푹 풍기는 빵 가게 앞에서 라구나 벨 에어에 함께 다니던 말레이시아의 이슬람교도를 만났다. 전에 한번 말했던, 말레이시아의 캄펑에서 온 아이 말이다. 나는 모르는 척 지나가려는데 이슬람교도가 알은체를 한다. 나는 어쩔 수 없이 인사나 하고 지나치려는데 이슬람교도가 이번에는 뭘 묻는다.

　"서울로 간 줄 알았는데 여기서 만나다니 뜻밖이다. 그런데 학교는 왜 안 오냐?"

　뭐 대강 이런 말이다. 그래서 나는 이렇게 말해 준다.

　"이제 곧 서울로 돌아가게 된다."

　그러자 이슬람교도가 움푹 들어간 눈으로 묘하게 나를 쳐다본다. 아마 말레이시아에서는 누가 떠난다고 하면 이렇게 보는 게 예의인 모양이라고 단순하게 생각한다.

　나를 쳐다보면서 이슬람교도가 자기 머리칼을 자꾸만 만진다. 그러고 보니 이슬람교도의 머리 모양이 바뀌었다. 전에는 생머리로 펴서 갈색으로 물들이고 다녔는데 지금은 까만 곱슬머리다. 여기서는 부자와 가난한 자의 표시가 머리 스타일로도 드러난다. 부자 아이들은 대부분 머리칼을 곧게 펴는 파마를 해서 갈색으로 물을 들이고 다닌다. 반면 가난한 아이들은 머리칼을 손질하지 못해서 까만 곱슬머리 그대로 다닌다.

　이 이슬람교도가 지금 곱슬곱슬한 머리칼이다. 그사이 이 이슬람교도의 부모가 가난해졌다는 말인가?

말레이시아 친구의 가정 형편이 어떻게 변했든 나는 이제 그만 가야겠다고 한다. 그러자 이슬람교도가 자기는 이제 라구나 벨 에어에 다니지 않고 언덕에 있는 공립학교에 다닌다고 묻지도 않은 말을 한다. 나는 공립학교에는 망고나무 숲도 있고 전망도 좋아서, 저지대의 매연에 파묻힌 라구나 벨 에어보다는 훨씬 좋은 학교라고 말해 준다. 말이 길어져서 사라인선 언니가 이슬람교도가 알아듣도록 통역해 주었다.

그러자 이 이슬람교도가 다크서클이 초승달처럼 내려온 데다 움푹 파이기까지 한 눈으로 나를 뚫어질 듯이 본다. 피하고 싶지 않아서 나도 같은 방법으로 쳐다봐 준다. 살라망고 아줌마를 보는 것 같다는 생각이 든다. 살라망고 아줌마는 어른이고 이슬람교도는 아이라는 것만 다르다. 어쩌면 이 이슬람교도는 캄펑에 가고 싶어 미칠 지경이 되어 있는지도 모른다는 생각이 든다.

그만 헤어졌으면 좋겠는데 이슬람교도가 또 말한다.

"나는 지금 머리를 자르러 미용실에 가는 길이야."

파세오 상가에 미용실은 하나뿐이다. 나도 이 이슬람교도가 가려는 미용실에 가 본 적이 있어서 아는데, 거기는 게이들이 득실거린다. 무슨 말이냐면 미용사들이 모두 게이라는 말이다. 처음에는 깜짝 놀랐는데 몇 번 보니까 게이들도 나와 똑같은 사람들이고 사정이 있어서 여자처럼 되기를 원하는 것뿐이라는 것을 알게 되었다.

사라인선 언니 말에 의하면 여기서는 남자로서, 남자답게 살만한 직업도 사회적 분위기도 없어져 버렸기 때문에 예민한 남자들부터 여성화되기 시작하는 것이라고 했다. 하여간 사람은 일단 태어나면 돈을 벌어서 먹고살아야 하는데 벌어먹고 살기 위해 게이가 되는 것은 잘못이 아닌 것 같다는 생각이 든다.

전에 내 머리칼을 잘라 준 게이 아저씨는 보통 여자보다 훨씬 예쁘고 머리 스타일도 아주 근사했다. 손톱도 주홍색으로 칠하고 망사 스타킹에 호피 무늬 쫄쫄이 미니스커트를 입은 모습이 아주 멋졌었다. 팔뚝에 힘줄이 튀어나오기는 했지만 근육을 자랑하는 여자도 있는 세상에 힘줄 때문에 이상할 이유는 없다. 벌어먹고 살기 위해 가짜 게이 행세를 하는 사람도 있는데 그 미용사는 진짜 게이 같아서 마음에 들었다. 나는 흉내를 내는 것이 아니라 진짜라는 생각이 들면 그것이 뭐든 감동을 잘 받는 성격이긴 하다.

"입구에서 두 번째 의자에 앉는 게 좋아."

나는 이슬람교도에게 그 미용실에 대해 알려 주었다. 그 미용사가 머리를 잘 손질한다는 정보도 알렸다. 물론 사라인선 언니가 통역해 주었다. 비쩍 마른 데다 흰 셔츠를 입어서 더욱 검어 보이는 피부에 눈만 커다란 이슬람교도는 우리와 헤어지는 것이 섭섭하다는 기분을 감추질 않는다.

오죽하면 사라인선 언니가 라니의 아들한테 주려고 산 빵 중에서 하나를 꺼내 이슬람교도에게 선물로 주면서 그만 헤어지자는 눈치를 다 주었을까!

여기서는 부모가 재산이 좀 있다는 집의 아이들에게 먹을 것을 주는 것은 대단히 실례다. 그러나 이 이슬람교도와 우리는 몇 마디 대화도 나누었고 뭔지 모르지만 마음이 통한 것 같다. 기분 나빠하지 않고 빵을 받아 든 이슬람교도가,

"샬라맛."

한다. 고맙다는 말이다.

그러면서 팔목에 있던 나이키 생고무 팔찌를 하나 빼서 내게 준다. 이 나이키 생고무 팔찌는 자선 단체를 돕자는 취지에서 파는 상품이다. 그러니까 고무 팔찌를 하나 사면 팔찌 하나에 해당하는 이익금이 자선 단체로 보내진다는 말이다. 이 윤리적인 팔찌를 열 개씩 손목에 끼고 다니는 아이도 있다.

나는 이슬람교도가 준 파란 생고무 팔찌를 끼고, 이슬람교도는 사라인선 언니가 준 빵을 가지고 각자 갈 길을 간다.

이슬람교도가 파세오 상가 회랑을 걸어가면서 자꾸 돌아본다. 나도 몇 번 돌아보았기 때문에 그 아이가 돌아본 것을 안다.

이것저것 샀더니 꽤 무겁다. 내 생각에 한 천오백 페소는 쓴 것 같다. 오백 페소가 만 원쯤 되니까 삼만 원쯤 쓴 것이다. 나이도 어린 내가 돈 계산에 집착하는 것을 나무라지 말기 바란다. 일곱 살짜리라도 생활비 때문에 고민하다 보면 돈 문제에 민감해진다는 것을 알아 두길 바란다.

라니가 요리한 틸라피아 찌개가 아무리 맛있어도 식탁을 오래 차지하고 있어서는 안 된다. 알다시피 라니 혼자 쓰는 주방이 아니고 이 집에 사는 여러 사람이 번갈아 쓰게 되어 있다. 더구나 오늘은 토요일이고 다른 방에 세 들어 사는 사람들이 주방 쓸 차례를 기다리고 있다. 그래서 우리는 주방을 서둘러 비워 주고 산책을 나가기로 했다.

망고나무 숲으로 오르는 길에 초등학교 교실들이 있다. 연두색으로 칠해진 교실들은 난민촌의 임시 건물처럼 허름하다. 영어를 배우겠다고 이런 곳으로 유학을 온다는 것이 우습기도 하지만 현실이 이러니까 어쩔 수 없이 이런 허름한 학교에라도 다녀야 하는 것이다.

한 교실 앞을 지나가다가 임신해서 배가 나온 여자를 만났는데 라니의 친구라고 한다. 라니는 이 친구와 한참 이야기를 주고받는다. 어떻게 지내느냐, 남편은 잘 있느냐, 대강 이런 말들이다.

라니 말에 의하면 이 친구는 공립학교 교사인데 곧 교사 일을 그만둘 생각이라고 한다. 월급이 너무 적어서 개인 영어 가정 교사 일을 구할 생각이라고 한다. 아기를 낳고 가정 교사 일을 못 구하면 슈퍼마켓 점원이라도 해야 하는데 슈퍼마켓 같은 곳은 젊고 어린 여자들을 구하지 자기 같은 아이 엄마는 싫어하기 때문에 걱정이라고도 한다. 게다가 일자리를 구해도 한 직장에 육 개월 이상 다닐 수 없다고 한다.

순전히 이 나라의 고용 제도 때문인데, 정식 직원이 되고 시간이 지나면 오르는 월급에, 보너스에, 퇴직금에, 갖가지 사회 보장 카드를 제공하는 비용을 아까워하는 다국적 기업이 많다 보니까 생긴 우스운 제도라고 한다. 이 우스운 제도 때문에 우는 사람이 너무 많다는 것이 문제다.

사라인선 언니가 전에는 사람들이 이유도 모르는 채 고통을 받았지만 지금은 고통 받는 이유를 알고도 고통 받을 수밖에 없는 구조 때문에 고통에서 벗어날 수 없다는 어려운 말을 했다. 사라인선 언니는 모두를 가난하게 만드는 이 구조에 대해서 정말로 심각하게 다시 생각해 봐야 한다고도 했는데 그 일은 어떻게 하는 것인지 모르겠다. 내가 좀 더 크면 알 수 있을지도 모르지만 지금은 잘 모르겠어서 답답하다.

여기서 초등학교 교사란 편의점 직원이나 마찬가지 대접을 받는다. 월급이 그렇다는 말이다. 월급이 적어서 생활이 안 되고 생활이 안 되다 보니까 자존심이 없어지고 자존심이 없어지다 보니까 돈 몇 푼에도 직업을 쉽게 바꾸는 것이다.

만일, 돈을 많이 버는 직업을 위해 영어를 배우는 거라면 이미 영어를 잘하는 여기 사람들은 어째서 이렇게 가난한 것인지 생각해 봐야 한다. 여기 아이들은 영어를 잘하면서도 왜 국제변호사나 외교관이 될 생각은 하지 않는 것인지 생각해 봐야 한다. 이 점은 아주 중요하다. 국제변호사나 외교관이 되는 문제는 영어가 아니라 다른 것에 해답이 있는 것 같다. 아무튼 영어가 해답이 아닌 것만은 확실하다. 우리 엄마도 이 점을 몰랐기 때문에 나를 여기로 유학 보낸 것이다. 우리 엄마가 믿고 의지하는 유명 인사들도 이 점을 몰랐다는 말인가? 이것은 아주 의심스러운 문제인 것 같다.

교사로서 아무런 사명감을 갖지 않는다고 해서 라니 친구와 라니를 미워할 생각은 없다. 내 생각에 사명감이라는 것은 자기 말로 자기 역사를, 자기 아이들에게 가르칠 때 생기는 것이지 남의 언어로 남의 역사를, 남의 아이들에게 가르칠 때 생겨나는 것은 아닌 것 같다.

배 속에 아기도 자라는 데다 눈 밑에 기미가 잔뜩 낀 라니 친구는 내가 라구나 언덕에서 본 가장 우울한 얼굴로 계단을 내려간다. 우울한 기분은 전염성이 강한 모양이다. 그래서 사라인선 언니와 라니와 나는 말없이 언덕을 향해 걷기만 한다.

바람이 약간 불고 어디선가 개 짖는 소리가 들린다. 그래서 마음이 조금 편안해지는 것도 같다.

망고나무 숲이 저 위에 있다. 벌써, 망고나무 잎사귀들이 바람에 몰려 나가는 소리가 들린다.

라구나 언덕의 망고나무 숲은 나를 실망시킨 적이 없다. 오늘도 바람에 나뭇잎들이 일제히 몰려 나가면서 싸, 싸, 싸, 소리를 낸다. 연락이 끊긴 엄마와, 생활비와, 학교 문제는 정말 중요하지만 이 망고나무 숲만큼은 아닌 것 같다는 생각이 들게 만든다.

라니와 사라인선 언니가 나무판자 벤치에 앉아서 이야기를 나누는 동안 나는 개똥을 밟지 않도록 조심하면서 경사진 숲 안으로 들어가 본다. 기온은 높고 대기는 눅눅해서 저 아래 화장실 건물에서 올라오는 냄새와 숲 냄새가 뒤섞여 있는 것쯤은 상관없다. 데니슨 아줌마도 이런 것쯤 이해할 것이다. 아마, 우

리 엄마도 이런 것쯤은 이해할 것이다. 여기에 한번 와 보기만
한다면.

나는 라니와 사라인선 언니로부터 조금 멀리 떨어져 나와 망
고나무 숲 저 멀리 펼쳐진 평야를 바라본다.

저 멀리 검고 순한 공룡처럼 덩치 큰 산이 엎드려 있다. 수만
년 전부터, 어쩌면 처음부터 저렇게 엎드린 채로 있는 검은 산
을 여기 언덕에 서서 바라보는 아이가 나 하나는 아닐 거라는
생각이 든다. 나 이전에도 많은 아이들이 여기, 이 언덕에 서서
저 멀리 있는 저 산과 벌판을 바라보았을 것이고, 내가 이곳을
떠난 뒤에도 많은 아이들이 여기 나처럼 서서 저 산과 펼쳐진
평야를 바라보게 될 것이다. 나는 그런 수많은 아이들 중의 하
나일 뿐이다.

데니슨 아줌마네 집에 가 볼 생각이다. 데니슨 아줌마와 라구나 언덕에 가자고 약속한 지가 벌써 이 주나 지났다. 그동안 나는 아줌마를 한 번도 못 봤다. 아줌마도 나를 찾지 않았다. 약속을 잊었거나, 한국에서 아줌마의 딸들이 왔을 수도 있다.

이 시간이면 데니슨 아줌마는 '루스'에 갔을 수도 있고, 루스에 가려고 마음먹은 시간일 수도 있다. 만일 외출 준비를 하고 있다면 귀찮게 할 생각은 없다. 미리 마음먹고 가야 아줌마를 만나지 못하거나, 아줌마가 약속을 잊었다고 해도 실망하지 않게 된다.

데니슨 아줌마네 현관에 있는 종을 한번 흔들어 본다. 한참을 기다려도 집 안에서 아무 기척이 없다. 다시 종을 흔들어 본다. 역시 아무런 소리도 나지 않는다. 갑자기 종이 멍청하게 여겨진다. 이런 멍청한 종을 왜 달아 놓았는지 모르겠다. 아줌마가 집 안에 있다면 틀림없이 내다보았을 것이다.

종을 한 번 더 흔들어 볼까? 그냥 돌아갈까? 망설이는데 신문 배달부 필리피노가 집 앞에 자전거를 세운다. 데니슨 아줌마가 『마닐라 불리틴』을 구독하기 때문이다. 내가 아줌마 대신 『마닐라 불리틴』을 받아 든다. 필리피노는 내가 『마닐라 불리틴』을 아줌마에게 잘 전해 줄 것으로 알고 간다.

그런데 집 안에서 아무도 내다보지 않는다. 데니슨 아줌마는 쇼핑몰에 갔거나, 루스에 갔거나, 아니면 늦잠을 잘 수도 있다.

신문을 현관문 옆에 매달린 바구니에 담아 두어야겠다. 마닐라 시티 어딘가에서 구걸 중인 필리핀 사람 사진이 신문 1면에 실렸다. 파란색 머플러를 두르고 노란색 티셔츠를 입었는데 너무 구질구질하다. 한 달은 못 갈아입은 것 같다.

데니슨 아줌마를 만나려고 왔는데 아줌마가 없다고 생각하니 갑자기 뭘 해야 할지 막막하다. 모넷가 집으로 돌아가고 싶지는 않다. 지금 가 봐야 낮잠 자는 일 외에 할 일도 없을 것이다. 할 수 없다. 산책이나 하는 수밖에.

영국 국기가 펄럭이는 집에는 오늘도 영국 국기가 내걸려 있고, 빈 새장만 남은 집에는 오늘도 빈 새장만 차곡차곡 쌓여 있다. 새는 없는데 새장만 마당에 한가득 쌓여 있는 것을 보고 있자니 지금까지와는 다른 생각이 든다.

어쩌면 이 집 주인은 새들을 모두 팔아 버린 것이 아니라, 밤에 몰래 새장 문을 열고 날아가도록 해 준 것인지도 모른다. 만일 새를 팔았다면 새를 팔 때 새장도 함께 주었을 것이다. 새도 없는 새장만 덩그렇게 남겨 둘 필요는 없으니까. 게다가 이렇게 많이!

만일 새 주인이 새를 모두 날려 보낸 것이 정말이라면 아주 잘한 일이다. 새 주인의 생애에서 가장 훌륭한 일을 한 것이 틀림없다. 새집 주인이 정말로 새들을 날려 보냈다면 좋겠다.

송아지만 한 검은 개를 두 마리씩이나 마당에 풀어놓은 집 앞은 지나가기 두렵다. 저 개들이 마음만 먹으면 담장을 넘어 골목으로 뛰쳐나올 것만 같다. 입안의 분홍색 살이 질질 흐르는 침과 함께 흘러나올 것만 같은 끔찍한 생김새지만, 그 입만 다물면 못 봐 줄 얼굴은 아니다. 눈은 아주 동그랗고 눈가에 고동색 점도 있다.

하지만 내가 저 개들 주인이라면 꼭 줄을 묶어 두겠다. 그 편이 저 개들을 위해서도 좋다. 나처럼 작은 아이한테까지 흥분해서 침을 질질 흘리지 않도록 말이다.

살라망고 아줌마네 마당은 조용하다. 에스파냐 시인 아저씨의 자주색 차가 없는 것으로 봐서 지금 집 안에는 살라망고 아줌마 혼자 있을 것이다.

살라망고 아줌마가 에스파냐 시인 아저씨와 오래오래 행복하게 살았으면 좋겠다. 행복이라는 말이 나에게는 어색한 말이지만, 아무튼 살라망고 아줌마가 행복하게 살았으면 좋겠다. 어쩐지 살라망고 아줌마의 행복은 살라망고 아줌마의 손에 달려 있지 않는 것 같아서 걱정이다.

두리안나무 숲을 실컷 보자면 한 달 내내 이 자리에 서서 꼼짝도 하지 않고 봐도 충분하지 않을 것이다. 그러니까 매일 와서 조금씩만 보는 것이 더 낫다. 살라망고 아줌마가 내가 온 것을 알고 밖으로 나오기 전에 슬슬 가 봐야겠다.

제임스가 다시 불렀다. 내 보호자가 될 만한 사람의 연락처를 물었다. 나는 아는 사람이 아무도 없다고 했다.

외할머니는 지금쯤 내 이름도 기억 못 할지도 모른다. 내가 이곳에 오기 전부터 외할머니는 치매 때문에 나를 알아볼 때보다 못 알아볼 때가 더 많았으니까.

서울로 간다고 해도 엄마가 있는 곳이 아닌 바에야 여기와 다를 바 없을 것이다. 제임스에게는 미안하지만, 나는 좀 더 버틸 것이다. 엄마한테 연락이 올 때까지 기다릴 것이다.

엄마 생각 때문인지는 모르겠지만, 데니슨 아줌마가 보고 싶다. 요즘은 엄마 생각을 하면 데니슨 아줌마가 보고 싶어지는 것이다. 엄마와 데니슨 아줌마는 완전히 다른 사람인데도 이상하게 같은 사람으로 여겨지기까지 한다. 가끔은 데니슨 아줌마와 엄마와 살라망고 아줌마가 모두 한 사람이라는 생각이 들 때도 있다. 내가 엄마를 너무 그리워해서 그런 생각이 드는 것인지, 원래 아줌마들은 모두 엄마 같아서 그런 것인지, 세상이 아줌마들을 모두 비슷하게 만들어서 그런 것인지 잘 모르겠다.

제임스를 만나고 모넷가로 돌아오는 길에 다시 데니슨 아줌마네 집에 들러 보기로 마음먹었다. 라구나 언덕에 함께 가자는 약속을 아줌마가 잊었더라도, 약속을 지키라고 조르지 않을 것이다. 그냥 아줌마가 보고 싶은 것뿐이다.

오랫동안 데니슨 아줌마를 못 만났다. 오늘은 꼭 아줌마를 만나 보고 싶다. 아줌마가 싫어하면 억지로 집 안에 들어가지는 않을 것이다.

블랑카가 따라붙는다. 블랑카는 자기 엄마가 왔다 간 뒤로 편안해진 것 같아 보인다. 사사건건 사라인선 언니에게 대들던 습관도 줄어들었다. 블랑카 엄마는 블랑카가 보고 싶다고 하자 바로 달려왔는데, 그 일이 블랑카를 안정시킨 것일 수도 있다. 운이 좋다는 것은 블랑카 같은 경우를 두고 하는 말인 것 같다.

나도 나를 국제변호사로 만들고 싶어 하는 엄마가 있었다. 그런데 불과 몇 달 만에 이렇게 되어 버렸다. 무엇이 나를 이렇게 만들었는지 모르겠다. 내가 뭘 잘못한 것 같지는 않은데 이렇게 되어 버려서 정말 답답하다.

데니슨가 쪽으로 돌아가려는데 블랑카가 묻는다.

"너, 그 아줌마네 집에 가려는 거지?"

"응."

"제임스 알면 혼날 거야."

"알아."

블랑카에게 사소한 도움을 많이 받아서 그런지 블랑카가 내 마음을 꿰뚫어 보는 말을 해도 거부감이 생기지 않는다. 말하자면 블랑카는 지금 내가 데니슨 아줌마를 만나러 가서 제시간에 모넷가로 돌아오지 못하면 제임스한테 잔소리를 들을까 봐 걱정하고 있는 것이다. 다시 말하면 블랑카가 보기에 요즘 제임스가 나한테 좀 심하게 대한다는 뜻이다. 혼나지 않아도 될 일까지 혼나고 있다. 그러니까 조심하라는 의미다.

"사모님이 걱정하더라."

"뭘?"

"네가 그 아줌마와 친하게 지내는 거."

"네가 어떻게 그걸 알아?"

"지난번에 엄마 왔다 갔잖아. 그때 엄마와 사모님이 이야기하는 거 들었어."

"데니슨 아줌마가 범죄자나 사기꾼이라도 되는 거야? 왜 걱정해?"

"범죄자는 아닌데 여기 와 있는 한국 사람들 사이에서 왕따래."

"데니슨 아줌마가 잘못이라도 했대?"

"아니."

"그런데 왜?"

"옛날에 영화배우였대."

"그게 어째서?"

"이상한 짓 하고 여기로 도망 온 거래."

"무슨 이상한 짓?"

"나도 잘 몰라. 어른들이 이상한 짓이라고 하니까 이상한 짓이겠지. 마약, 뭐 그런 거? 돈 많은 남자를 가로채기도 하고, 그런 이상한 일 있잖아."

"네 엄마와 사모님이 잘못 알았을 수도 있어."

"그 아줌마는 한국 사람들과는 인사도 안 하고 거만하게 군대. 자기가 무슨 유명인이라도 되는 줄 안대. 전에 사모님도 그 아줌마한테 말 붙이려고 했다가 창피만 당했대."

"아줌마가 그러는 데는 다 이유가 있을 거야. 어쩌면 거만한 게 아니라 사람들 사귀는 걸 그냥 원하지 않을 수도 있어. 누구나 그럴 자유는 있는 거잖아."

"하지만 좋은 소문은 아니잖아."

블랑카 말이 틀린 것은 아니다. 데니슨 아줌마에 대한 소문이 망고나무 숲이나, 새나, 살라망고 아줌마네 마당처럼 좋은 말은 아닌 것 같다. 하지만 나에게 데니슨 아줌마는 라구나 언덕과 같고, 망고나무 숲과도 같고, 두리안나무 숲과도 같다. 만약에 데니슨 아줌마가 마약이나, 사기라는 말과 연관이 있다 해도 나는 상관 안 한다. 나한테 데니슨 아줌마는 그냥 내가 좋아하는 데니슨 아줌마일 뿐이다.

"너 먼저 가."

"내 말 듣고도 그 아줌마 만나려고?"

"확실하지도 않은 소문 때문에 아줌마를 이상한 취급하는 짓은 안 할 거야."

블랑카는 왠지 모르게 속이 후련하다는 표정을 짓고 있다.

"그 아줌마 젊었을 때 진짜 예뻤대! 그래서 사람들이 질투하는 것일 수도 있어."

블랑카가 비밀을 알려 주기라도 하는 것처럼 말하고 모넷가 쪽으로 걸음을 옮긴다. 나는 블랑카를 물끄러미 바라보다가 다시 걷는다.

데니슨 아줌마가 내 추측대로 영화배우였다는 점이 아주 마음에 든다. 영화배우는 역시 데니슨 아줌마 같은 사람이 해야 한다. 데니슨 아줌마에게는 영화배우보다 더 진짜 같은 무엇이 있다.

데니슨 아줌마가 어른들이 생각하기에 아주 거친 단어와 관련이 있다면 그것은 아줌마가 출연한 영화 때문인지도 모른다. 아줌마는 배역을 좀 더 신중하게 골랐어야 했을 것이다. 하지만 다시 생각해 보면 아줌마의 배역 선택은 잘한 일이다. 아줌마처럼 멋진 배우가 나쁜 역을 안 하면 누가 하겠는가? 아줌마는 배역 때문에 나머지 인생을 산타로사 빌리지에 숨어 살아야 하는 대실패를 했지만, 누군가는 아줌마의 실패에서 뭔가를 배울 것이다. 그래서 데니슨 아줌마가 멋지다는 것이다.

나로서는 데니슨 아줌마가 유명 인사가 되지 않고 여기에 숨어 사는 게 아쉽기까지 하다. 데니슨 아줌마는 얼마든지 유명 인사가 될 수도 있었는데 말이다. 만일 데니슨 아줌마가 여성 잡지 인터뷰에 나와서 자신의 실패에 대해 좋은 말을 해 주었다면 우리 엄마는 다른 선택을 했을 수도 있다.

데니슨 아줌마네 집에는 아무도 없는 것 같다. 어두워져 가는데 불 켜진 방이 없다. 덩치 커다란 집이 세상에 혼자 남은 곰처럼 눈을 감고 엎드려 있다. 이 세상에 자기 편은 하나도 없는 데니슨 아줌마 같다.

나는 데니슨 아줌마가 어떤 사람이든 아줌마 편에 설 것이다. 그래야 맞다. 세상에 한 사람도 편을 들어 주지 않는 사람이 있다면 그 세상도 뭔가 잘못이 있다고 생각하기 때문이다.

내가 막 데니슨가 모퉁이를 돌아 나오려는데 저 멀리서 자동차가 천천히 들어온다. 어스름 속에서도 나는 그 자동차가 데니슨 아줌마 차라는 것을 안다. 그리고 차 안에 있는 아줌마도 나를 알아보았다는 것을 안다.

"산책 중이니?"

내 곁에 차를 세우고 아줌마가 묻는다.

"네."

"혹시 우리 집에 갔었니?"

마음을 속일 필요가 없다는 생각이 들어서 솔직하게 답한다.

"아줌마가 날짜를 정했나 물어보려고 갔었어요."

"무슨 날짜?"

데니슨 아줌마는 나와 한 약속을 잊고 있는 게 맞다.

뭐, 괜찮다. 지금 다시 약속을 일깨워 주면 되니까.

"라구나 언덕에 가자고 약속했잖아요."

"아, 그랬구나."

내가 빤히 바라보자 아줌마가 미안하다는 표정으로 말했다.

"우리 집에 갈래?"

"지금요?"

"왜, 시간 없니?"

나는 잠깐 생각하다가 시간은 충분하다고 말했다. 그러자 아줌마가 턱으로 옆자리에 타라고 신호한다. 나는 재빨리 차 앞을 돌아 옆자리에 올라탔다. 아줌마가 집 앞에 차를 멈추고 핸들에 손을 올린 채 그대로 있다. 나는 아줌마를 쳐다보았다. 왜 내리지 않느냐는 뜻이었다. 아줌마가 내 쪽은 쳐다보지도 않은 채 중얼거렸다.

"거기, 지금 가 볼까?"

"라구나 언덕에요?"

"그래. 거기."

생각을 좀 해 봐야 했다. 라구나 언덕에 다녀오려면 아무리 서둘러도 삼십 분은 걸릴 것이다. 사라인선 언니는 이런 시간에 내가 빌리지를 벗어나 외부에 나가리라고는 상상도 못 할 것이다. 지난번처럼 블랑카가 예측할 수 없는 이유로 나를 찾는 소동을 일으키면 어쩌나. 블랑카가 아니더라도 제임스나 사모님이 불시에 나를 찾아올 수도 있을 텐데. 그러면 곤란해질 텐데. 지금 상황에서 말썽을 일으키면 나는 빌리지를 산책하는 일도 금지당할지 모른다. 마음이 혼란스러웠지만 나는 이렇게 말하고 말았다.

"아무도 나를 찾지 않을 거예요."

차가 미끄러지듯이 앞으로 나아갔다. 아줌마 차가 빌리지 정문을 빠져나오는 데 막는 사람은 없었다.

캄캄한 밤에 라구나 언덕에 올라온 건 처음이다. 당신이 만일 라구나 언덕에 가 보고 싶다면 낮보다 밤에 가는 게 낫다는 말을 하고 싶다. 왜냐하면 어둠 속에서는 모든 게 더 선명하게 느껴지니까. 망고나무 잎사귀들에 몰아친 바람들이 자잘한 조각으로 쓸려 나가 다시 한데 어울려 창공을 향해 몰려가는 소리를 들을 수 있다. 그 소리는 낮에 듣는 것보다 더 선명하고 차갑고, 그리고 멀리까지 들린다.

"바람 소리가 좋구나."

아줌마가 선글라스를 쓰면서 바람 소리처럼 중얼거린다.

나는 왜 깜깜한 언덕에서 선글라스를 쓰냐고 묻지 않는다. 아줌마가 선글라스를 쓰는 이유쯤은 일곱 살짜리라도 안다. 대신 나는 아줌마 목소리가 바람 소리만큼 좋다고 생각한다. 아줌마 목소리 같은 소리는 낮은 지대에 엎드린 빌리지에서보다 이런 언덕에서 듣는 게 더 좋다는 생각도 한다.

아줌마가 백에서 담배를 꺼내 물고 라이터 뚜껑을 젖힌다. 작은 불꽃이 솟아나고 아줌마가 입에 문 담배 끝을 불꽃에 가져다 댄다. 라이터는 닫히고 빨갛게 달아오른 담배 끝이 허공을 향한다.

아줌마가 어두운 라구나 언덕에 서서 선글라스를 쓰고 어깨를 잔뜩 웅크리고 팔짱을 낀 채 어둠을 보면서 담배를 피우는 모습은 정말 끝내준다. 아름답다거나 멋지다는 말이 아니다.

아줌마 몸에서 흘러나온 것만 같은 담배 연기가 바람 속으로 싸하게 흩어져 나간다는 말이다. 내 말은 아줌마처럼 멋진 사람이 한밤에 언덕에 서서 선글라스를 쓴 채 담배를 피우는 일은 방해해서는 안 된다는 말이다.

아줌마가 담배 한 개비를 다 피우고, 팔짱도 풀고, 선글라스도 벗고 나를 돌아보면서 말한다.

"이제 갈까?"

자동차가 언덕을 내려가기 시작할 때 내가 물었다.

"아줌마 영화배우였어요?"

"응."

"어떤 영화에 나왔어요"

"말해 줘도 넌 모를 거야."

"애들은 알면 안 되는 영화예요?"

"안 될 건 없지만 볼 필요는 없는 영화."

"좋은 영화는 아니라는 거죠?"

"아마."

"나쁜 영화도 아니었을 거예요."

"왜 그렇게 생각하니?"

"아줌마 같은 사람은 나쁜 영화에 어울리지 않으니까요."

말이 없는 것을 보니 아줌마도 그렇게 생각하고 있는 것 같다. 잠시 침묵하던 아줌마가 불쑥 묻는다.

"엄마 소식은 없니?"

엄마라는 말 때문에 목이 막혀 버린 나는 대답을 못 하고 앞만 뚫어지게 보고 있다. 아줌마 역시 앞만 보면서 천천히 말한다.

"내가 너를 데리고 있겠다고 하면 제임스가 허락할까? 네 엄마한테 연락이 올 때까지만."

"우리 엄마가 영영 연락하지 않으면요?"

내 질문에 데니슨 아줌마는 말문을 닫아 버린 것처럼 묵묵하다. 너무 무거운 질문을 한 것만 같다. 수습은 내가 해야 했다.

"제임스 아저씨는 어쩌면 허락할지도 몰라요."

"그러니?"

"제임스 아저씨는 아이들을 너무 많이 받았어요. 늘 힘들어해요. 한 사람이라도 빠지면 기뻐할지도 몰라요."

"언제 기회 봐서 한 번 이야기해 봐야겠구나."

"문제는 그게 아닐 거예요."

"뭐가 문제니?"

"저는 고양이가 아니잖아요. 입혀야 하고, 시간 맞춰 먹여야하고, 말도 많고, 학교도 가야 하고……. 또 키워 놓아 봤자 원망만 들을지도 몰라요."

"그런 건 문제없어."

"엄마한테 연락이 오면 돌아가야 하는데도요?"

"응."

"제가 아줌마를 배신하는 건데도요?"

"그런 건 배신이 아니란다."

"그럼 뭐가 배신인데요?"

아줌마가 말이 없다. 이번에도 내가 말한다.

"아줌마도 우리 엄마가 날 버린 게 배신이라고 생각하는 거죠? 나도 엄마를 닮아서 언제든 수틀리면 아줌마를 버리고 가 버릴 거라고 생각하는 거죠?"

나는 생각지도 못했던 말을 터트리고 말았다. 나는 아마 나중에 후회할 말을 한 것 같다. 하지만 아줌마가 내 말에 놀라지 않고 침착하게 있어 준 일은 기억할 것이다. 저 앞에 빌리지 정문이 보인다. 아줌마가 약간 서두르는 기색으로 말했다.

"너만 버려졌다고 생각할 테지만 실은 사람들은 전부 버려졌단다."

"누가 사람들을 버려요?"

"세상."

"세상이요?"

"사람들이 만든 세상이 사람들을 버리는 거야. 사람들은 자신만은 아니라고 생각하면서 살아가는 것뿐이야."

"그게 부모한테 버려진 것보다 더 무서운 건가요?"

아줌마가 답이 없다. 나도 더 이상 따져 물을 마음이 생기지 않았다. 아줌마가 한 말을 전부 이해할 수는 없지만 아줌마한테 뭔가 힘든 일이 있다는 건 알 것 같았다. 다시 말해 우리 엄마가 당한 일처럼 힘든 일을 아줌마도 겪고 있어서 저런 말을 한다는 것이다. 정문을 통과해 들어갈 때 거칠게 차를 모는 것만 봐도 내 생각이 맞는 것 같았다.

하지만 아줌마는 금방 마음을 가라앉힐 줄 아는 사람이다. 모넷가 집 앞에 차를 세우고 나를 내려 주면서 이런 말을 건넨 것만 봐도 아줌마가 얼마나 현명한 사람인지 드러난다.

"다음에 또 같이 가자."

몸에 배인 라구나 언덕의 냄새가 흩어지기라도 할까 봐 나는 조심조심 모넷가 마당으로 들어섰다. 누군가 나를 본다면 동네 산책하고 오나 보다 생각하도록 태연하게 걸었다. 그런데 현관 바닥에 신발이 좀 많다. 라구나 언덕에 다녀온 흥분 때문인지 들킬까 봐 걱정되어서인지 갑자기 심장이 뛰기 시작했다.

"어디 갔다 오니?"

사모님이 혼자 식탁에 앉아 있다가 천천히 일어서면서 물었다. 나는 산책이라고 대답할 수 없었다. 사모님이 다 알고 묻는 것 같았다.

"그 아주머니와 같이 갔다 왔니?"

"어떻게 알았어요?"

"그 차 타고 나갔다고 하더구나."

"블랑카가 봤대요?"

"아니."

"그럼 누가 일렀어요?"

"내가 봤어."

"그런데 왜 안 불렀어요?"

내가 되묻자 사모님이 나를 쳐다보았다. 화난 눈은 아닌 것 같았다. 불안한 마음을 꾹 참다 보니 마음속에서 뭔가가 터져 버린 것 같은 눈이었다. 그런 눈은 내가 잘 안다. 내 눈이 매일 그러니까.

"이제 안 그럴게요. 허락 없이 아무 데도 안 갈게요."

나는 사모님한테 완전히 항복했다. 내가 오히려 사모님을 달래 주듯이 말했다.

"그래 그래야지. 돌아갈 때까지 안전하게 있는 거. 너한테 바라는 건 그거 하나뿐이야."

누가 뭐라 해도 끝까지 나한테 다정하던 사모님이 아닌 것 같았다. 그러니까 사모님은 지금 굉장히 중요한 요구를 한 것이다. 그런데 나는 사모님 요구에 들어 있는 한마디를 뒤늦게 알아차렸다. 바로 돌아갈 때까지라는 말이다.

"나 돌아가요? 언제요?"

사모님이 대답이 없다.

"엄마한테 연락 왔어요?"

사모님은 여전히 말이 없다.

"아직 연락 받은 건 없어. 하지만 돌아가야 하지 않겠니?"

"어디로요?"

"할머니 계신 데로."

"우리 할머니를 사모님이 알았어요?"

"할머니 연락처를 나한테 말해 줄래?"

말해 줄 수 없었다. 그건 정말로 마지막의 마지막에 가서나 알려 줄 것이다. 그 전에 엄마한테서 연락이 올 것이다. 나는 사모님을 노려보다가 화난 것처럼 몸을 휙 돌려 계단을 뛰어 올라갔다.

윗층에 올라오자 사라인선 언니와 연서블랑카가 기다리고 있다. 나는 정말 더 이상 아무 말도 하고 싶지 않다. 하지만 사라인선 언니는 그냥 넘어갈 수 없다고 온몸과 표정으로 말한다. 할 수 없다. 룸메들을 편히 자게 하려면 내가 먼저 말하는 수밖에.

"다시는 말없이 나다니지 않을게요."

"그 정도로는 안 돼. 쉽게 넘어가면 다른 애들도 너처럼 하게 되니까."

"그럼 벌 받을게요."

사라인선 언니는 나를 이해하지만 이해하는 것과 일을 처리하는 것은 다르다는 것을 나도 안다. 사라인선 언니가 말한다. 이제부터 돌아가는 날까지 빌리지 밖으로 외출하는 것은 금지다. 사라인선 언니와 함께 외출하는 것도 안 된다. 저녁 시간에 산책하는 것도 금지다. 단, 점심과 저녁 시간 사이에 한 시간 정도 빌리지를 산책하는 것은 허용한다. 그건 그렇고 사라인선 언니 말 속에도 돌아간다는 말이 있다.

"나, 돌아가게 돼요?"

"그래."

"언제요?"

"삼 주 후!"

"어떻게요?"

"내가 갈 때 너도 데려가야 하니까."

"사모님이 그러래요?"

"사모님 부탁이 아니어도 내가 나섰을 거야."

"엄마한테 연락 없는 거 언니도 알잖아요."

"할머니 계시잖아. 그리고 언제까지 여기 있을 수는 없지. 사모님과 제임스도 언제까지나 여기서 살지는 않을 거고."

"엄마한테 연락 올 때까지 나는 여기 있어야 돼요."

사라인선 언니가 나를 빤히 쳐다본다. 블랑카도 나를 쳐다본다. 다른 때 같으면 블랑카가 벌써 참견했을 텐데 오늘은 한 마디도 없이 나를 견딘다. 그러니까 블랑카가 보기에도 내가 아슬아슬하다는 거다.

"생각해 볼게요."

당장은 이렇게밖에 대답할 수 없었다. 사라인선 언니도 더는 잔소리하지 않았다.

깜깜한 밤에 각자의 침대에 누워 있지만 셋 다 잠들지 못하고 있었다. 블랑카도 뒤척이고 언니도 뒤척였다. 어둠 속에서 블랑카가 조용히 물었다.

"거기 밤에 가니까 좋아?"

"응."

"나도 언제 한 번 가 보고 싶다. 같이 갈래?"

"응."

"무섭지 않아? 바람 세게 불면."

"세게 불어도 바람 소리는 좋아."

"너는 그 소리가 왜 좋아?"

그 질문에 답할 수가 없었다.

한 번도 싸 싸 싸 아— 불어 나가는 바람 소리를 내가 왜 좋아하는지 생각해 보지 않았다. 그건 그냥 좋은 거였다. 대답할 수 없는 질문이라 잠든 척하기로 했다.

다시는 데니슨 아줌마와 라구나 언덕에 못 갈지도 모른다. 사모님은 데니슨 아줌마한테 단단히 당부할 것이다. 데니슨 아줌마는 나를 데리고 외출하지 않겠다고 약속할 것이다. 데니슨 아줌마와 같이 외출하지 못한다 해도 상관없을 것 같다. 나한테는 데니슨 아줌마와 라구나 언덕에 다녀온 추억이 생겼다는 게 중요하다.

하루가 지나자 생각이 달라진다. 만약에 데니슨 아줌마가 라구나 언덕에 가자고 한다면, 나는 따라갈 것이다. 어쩌면 데니슨 아줌마는 다시 라구나 언덕에 가고 싶어질지도 모른다. 나한테 연락할 틈을 찾고 있는지도 모른다.

나는 데니슨 아줌마한테 연락이 오기만을 기다린다. 하지만 일주일이 지나도 아줌마는 연락이 없다. 아줌마 집도 비어 있는 것 같다. 밤이 되어도 불이 밝혀지지 않는다. 나는 매일 아줌마네 집 앞을 지나지만 아줌마는 없는 것 같다.

사라인선 언니는 내가 데니슨 아줌마네 집 앞을 맴도는 걸 신경 쓴다. 내가 다시 아줌마와 불쑥 라구나 언덕에 가 버리거나 파세오 상가나 인첸티드 킹덤에 기분 내키는 대로 가 버릴까 봐 걱정하는 것이다.

사라인선 언니 역시 데니슨 아줌마에 대한 소문을 알고 있을 것이다. 그래서 데니슨 아줌마와 연관된 일마다 공연히 까다롭게 굴었을 것이다. 그렇다면 사라인선 언니는 할 필요가 없는 걱정을 한 것이다. 사라인선 언니도 과거에 있었던 나쁜 일로 사람을 판단해서는 안 된다는 것을 알고 있는 사람이지만 나를 걱정해서 그런 것이니 이해 못 할 일은 아니다. 사라인선 언니가 데니슨 아줌마에 대한 소문을 정리하면서 한 말은 마음을 아주 편하게 해 주었다.

"사람은 누구나 데니슨 아줌마가 가지고 있는 문제와 같은 문제를 하나씩은 다 가지고 있다."

사라인선 언니가 그런 말을 해 줬다 해도 내 걱정이 아주 가라앉은 것은 아니다. 데니슨 아줌마가 두 번 다시 연락하지 않으면 어쩌지? 엄마도 여태 소식 없는데. 두 사람은 나에게 연락하지 않기로 약속이라도 한 사람들 같다. 나는 더 이상 견딜 수 없다. 데니슨 아줌마든 엄마든 목소리라도 듣고 싶다.

사라인선 언니와 블랑카가 잠든 걸 확인하고 일층 거실로 내려왔다. 거실 안은 달빛이 환하다. 달빛 아래 웅크리고 있는 전화기를 들어올린다. 아무 희망도 없이 미용실 전화번호를 눌러 본다. 엄마가 미용실로 돌아오지 않을 거라는 걸 안다. 엄마가 미용실을 그런 식으로 떠난 건 처음이 아니다. 그리고 엄마는 한번 떠난 미용실로는 다시 돌아가지 않는다. 그렇지만, 나에게는 미용실 전화번호가 있다.

마음은 하지 말라고 막지만 손가락이 말을 듣지 않는다. 손가락이 미용실 전화번호를 누른다. 신호음이 울린다. 숫자를 센다. 일곱 번쯤 울리고 안 받으면 수화기를 내릴 것이다. 누군가 받으면 무슨 말이든 해 볼 것이다. 하지만 아무도 받지 않는다. 마음은 수화기를 더 붙잡고 있고 싶지만 손이 수화기를 내려놓았다.

지금은 모르지만 나랑 살 때 엄마는 밤 열한 시쯤이면 미용실 바닥에 떨어져 있는 머리칼을 깨끗이 쓸어 내고 맥주를 마셨다. 간혹 아저씨가 와서 같이 맥주를 마시기도 했지만 대부분은 엄마 혼자 마셨다.

나는 엄마가 혼자 맥주 마시는 시간을 싫어하지 않았다. 그런 시간이면 엄마는 텅 빈 은행 계좌 걱정이나, 미용실 손님이 줄어드는 걱정이나, 아저씨가 꿔 간 돈 걱정이나, 내 학원비 걱정이나, 혼자 있는 외할머니 걱정에 찌든 모습은 사라지고 어딘지 성스럽고 자질구레한 고뇌를 초월한 듯이 보였기 때문이다. 엄마가 스스로를 정화시키는 그 시간만큼은 돈에 대한 생각은 잊고 푸른 안개 같은 것이 엄마를 감싸고 있는 것만 같았다.

엄마는 내가 텔레비전 소리를 높인다거나, 계를 타던 날 사준 사십오만 원짜리 야마하 플루트를 불어 대지만 않는다면 무엇을 하든 내버려 두었다. 그래서 나도 주스를 한 잔 마시거나 두 다리를 꼬고 엄마처럼 청명한 표정으로 거울 속을 들여다보곤 했다.

엄마와 나의 평화를 깨뜨리는 사람은 언제나 아저씨였다. 대형 화물차를 몰고 다니는 아저씨는 꼭 밤에만 찾아왔다. 미용실 앞을 스테고사우루스 같은 트럭이 턱 가로막고 있으면 아주 답답하고 자존심이 상했지만 엄마가 별말 하지 않으니 나도 참았다.

신전의 신녀처럼 앉아 있던 엄마는 아저씨만 오면 시녀 신분으로 격하되는 듯했다. 엄마는 그 밤중에 밥상을 차리느라 허둥대는 것도 부족해 아저씨에게 잘 보이려고 경박하게 웃어 대기까지 했다. 내가 보기엔 그럴 필요가 전혀 없는데도 말이다. 한밤에 예고도 없이 불쑥 찾아온 아저씨가 미안해야 당연한 일인데 사과 인사를 받을 생각조차 못 하는 엄마를 보면, 그런 엄마를 믿고 살아야 하는 나의 인생이 걱정되기도 했다.

아저씨가 오면 나는 자의 반 타의 반으로 뒷방으로 들어가야 했다. 내가 보기엔 엄마가 아저씨한테 쩔쩔맬 일이 하나도 없는데 자기 몸을 스스로 묶어 대는 사람처럼 엄마는 안절부절못했다. 그렇게 하지 않으면 아저씨가 다시는 안 올 줄 아는 모양이다. 기가 막힐 노릇이지만 그때 열 살이었던 내가 엄마를 도울 일은 별로 없었다. 기껏해야 방 안에서 텔레비전 소리를 높인다거나 플루트를 빽 불어 보는 일이 전부였다. 그나마도 엄마의 입장을 생각해서 참거나, 잠들어 주는 게 고작이었다. 다음 날 아침에 일어나면 아저씨는 제발 가고 없기를 바라면서.

마닐라가 열한 시면 서울은 자정이다. 이 시간까지 엄마가 깨어 있지나 말았으면 좋겠다.

아무리 해도 잠이 오질 않는다. 미용실로 전화한 날은 잠들지 못한다. 생각이 아주 많아지는 것이다. 온갖 기억이 떠오른다.

내 인생은 미용실에서 시작되었기 때문에 아버지에 대한 기억도 미용실과 관련이 있다. 엄마가 아버지 머리칼을 파마해 주고 있다. 분홍색 뼈들이 아버지의 머리칼 속에서 계속 나오고 있다. 뼈다귀를 다 빼낸 다음에는 머리를 감긴다. 나는 보행기를 밀면서 엄마와 아버지를 따라다닌다. 머리 감기는 일이 끝나자 이번에는 곱슬곱슬한 짧은 머리칼을 잘라 내기 시작한다. 나는 그때부터 엄마의 손놀림만 봐도 엄마가 지금 신이 나서 하는 일인지 지겨워 억지로 하는 일인지 안다.

엄마는 신이 났다. 다정하고 친절한 냄새가 엄마 온몸에서 풍긴다. 나도 덩달아 기분이 좋아진다. 보행기 앞판을 두 손으로 두드리기 시작한다. 그러다가 입에 물고 있던 공갈 젖꼭지를 떨어뜨렸다. 갑자기 엄마의 얼굴이 내 눈앞에 큼지막하게 나타난다. 내 생에 보기 드문 행복한 표정을 한 엄마의 얼굴이다. 뒤이어 아버지가 나를 들어올린다. 보행기에 오래 앉아 있어서 가랑이가 아팠던 나는 다리를 버둥거린다. 내가 좋아하는 파마약 냄새가 아버지한테서 난다.

이런 기억이 떠오르는 것이다. 이 기억이 내가 만들어 낸 기억인지, 진짜 있었던 일인지는 잘 모르겠다. 아무튼 엄마는 아버지를 사랑했고, 아버지도 엄마를 사랑했던 것이라 우기고 싶다. 내 기억 속의 아버지 표정을 보면 틀림없이 엄마를 사랑하는 아버지였다. 두 사람은 나를 사랑했다. 이것이 불과 십 몇 년 전 일이다. 그런데 지금 아버지와 엄마와 나는 왜 이렇게 되어 있는 걸까?

오늘은 운이 좋은 일요일이다. 낮에는 사라인선 언니와 라구나 언덕 망고나무 숲에 가서 실컷 있다가 오고, 저녁 식사 메뉴에는 마카로니가 빠졌다. 마카로니가 나올 때가 되었는데 안 나왔다는 것은 운이 좋은 날이라는 뜻이다. 구더기 같은 마카로니가 나오지 않은 것도 기쁜데 반찬으로 만두튀김이 나오고 후식으로 노란 파파야가 잔뜩 나온 것을 보니 가슴이 벅차다.

블랑카와 사라인선 언니도 기뻐하는 눈치다. 만두튀김은 모두가 다 기다리는 메뉴라 눈치 싸움을 해야 한다. 보통 만두튀김이 나오면 세 개 정도씩 먹는데 오늘은 커다란 직사각형 스테인리스 통에 한가득이라서 모두 넉넉히 담아 간다. 그래서 나도 다섯 개쯤 덜었다. 그리고 껍질콩 볶음도 한 국자 푸고 파파야도 푸짐하게 쌓아 올렸다.

이 주 후면 여름방학이 시작되기 때문에 서울로 돌아가는 아이들은 들떠 있다. 그런데 오늘은 뭔가 분위기가 이상하다. 모두 지나치게 웅성거리는 것 같다. 이렇게 분위기가 흐트러지면 사모님과 제임스가 애먹을 텐데. 사라인선 언니가 내 등을 툭 친다. 애들 구경 그만하고 밥이나 먹으라는 소리다.

"그 아줌마 죽었대. 데니슨가 영화배우 말이야! 오늘 낮에 자살했대. '빵' 하고 자기 머리에 총을 쐈대."

"자리에 앉아!"

제임스의 고함이 터진다.

재키가 떠들어 댄 데니슨가의 영화배우가 내가 좋아하는 데니슨 아줌마라는 사실을 모르는 사람은 없다. 그렇지만 데니슨 아줌마를 좋아하는 것은 내 문제일 뿐이다. 아이들한테 자기가 좋아하지 않는 사람이 죽었다는 사실은 아무런 슬픔이 되지 않는다. 그러니까 아이들이 내가 좋아하는 데니슨 아줌마가 죽었다는 말을 장난처럼 한다고 해서 미워해서는 안 된다.

내가 지금 속으로 이렇게 생각하는 것은 흥분해서 재키를 총으로 쏴 버리고 싶은 생각이 들지 않도록 무진장 애를 쓰고 있다는 뜻이다.

애쓴 덕분인지는 몰라도 나는 데니슨 아줌마가 죽었다는 소리를 듣고 벌떡 일어나서 아줌마네 집으로 쫓아가거나, 놀라서 숟가락을 떨어뜨리거나, 소리를 지르지 않았다. 나도 놀랄 만큼 침착하게 앉아서 밥을 다 먹고 식판을 주방 안으로 밀어 넣는다.

사라인선 언니와 블랑카가 나를 계속 보고 있다는 것을 알지만 나는 아무 반응도 하지 않는다. 누군가가 나올 때 뒤따라 식당에서 빠져나왔다. 내 뒤를 사라인선 언니와 블랑카가 따라 나오고 있다.

뭔가 잘못되었을 수도 있다. 데니슨 아줌마는 호신용 총이랬지 자살용 총이라고 하지 않았다. 내가 봐도 그렇게 작고 예쁘게 생긴 총은 호신용으로 적합하지 자살용은 아니다. 절대 자기 머리에 쏘려고 가지고 다니는 총 같아 보이지 않았다. 게다가 데니슨 아줌마의 손가락은 희고 가늘어서 방아쇠를 당길 수 있을 것 같지도 않았다. 그러니까 진짜 쏠 생각으로 가지고 다니는 총이 아니라 위험하다고 생각될 때,

'여기 총 있다. 그러니까 물러서.'

하고 알리는 용도로 가지고 다니는 총이라는 말이다.

나는 걸어가면서 집을 세기 시작한다. 하나, 둘, 셋. 넷……. 그런데 열 채를 다 세기 전에 숫자를 자꾸 까먹는다. 집과 집 사

이가 멀어서 그렇다. 도무지 열 채까지 셀 수가 없는 것이다. 열 채까지 세어지지가 않는다. 데니슨 아줌마네 집에 가 봐야 하는데 거기까지 갈 수 있을 것 같지가 않다. 자꾸 눈앞이 흐려진다. 갑자기 모든 것이 한 바퀴 획 도는 것 같다. 세상이 파란색에서 주황색으로 바뀌는 것만 같다. 저기 앞에 골목이 파도에 일렁이는 것만 같다. 저 멀리 모퉁이 집 담장을 따라 늘어서 있는 스네이크 트리와 덩굴장미가 뒤섞여서 얼음 셰이크 기계 속으로 빨려들어 가는 것만 같다. 언젠가 슬리퍼 멀리 던지기 놀이를 하다가 슬리퍼 한 짝이 저 스네이크 트리와 덩굴장미 사이 어디쯤에 떨어져서 찾을 수 없었는데, 그 슬리퍼 생각이 갑자기 난다. 남자아이들이 던진 돌을 피하려고 땅에서 1미터가량을 순간적으로 튀어 오르던 고양이도 생각난다.

이것은 비밀로 하려고 했는데 언젠가 저녁 산책을 하다가 만난 미키윤수도 생각난다. 제기랄! 하필 이렇게 머리가 어지러울 때 미키윤수 생각이 날 게 뭐야! 그때 미키윤수는 친구들과 함께 인라인스케이트를 타고 내 곁을 획 스쳐 지나갔다가 혼자만 다시 방향을 바꿔서 나를 따라왔었다. 속력을 줄이고 나를 계속 따라오면서 처음 입 떼기 연습 중인 신입 유학생처럼 우물우물 물었었다.

"언제 서울 가냐?"

나는 아무런 정보도 주지 않았다. 미키윤수 같은 바람둥이에

겐 관심 없다는 것을 확실하게 보여 주려고 했다. 그랬는데 미키윤수가 내 어깨를 툭 치면서 말했다.

"너무 기죽지는 마라."

그러고는 뒤따라온 아이들 무리에 섞여 저 멀리 미끄러져 나갔다. 단체로 인라인스케이트를 타서 굴러가는 바퀴 소리가 꽤 웅장했었던 것 같다. 그때 그 웅웅거리는 소리가 들리는 것 같다.

데니슨 아줌마의 목소리가 들린다.

"나랑 같이 살래?"

라구나 언덕에 꼭 함께 가 보자고 약속했던 것도 생각난다.

"그래, 또 같이 가자."

"약속해요?"

"그래. 약속해."

모든 것이 소용돌이에 휘말리는 것처럼 어지럽다. 데니슨 아줌마네 집에 가 봐야 하는데 사라인선 언니한테 이끌려 모넷가로 가고 있다.

데니슨 아줌마가 죽었다고 해서 달라진 것은 아무것도 없었다. 이 세상에서 나 혼자만 데니슨 아줌마 생각에 힘들어하고 있는 것만 같다. 산책도 힘들고, 밥 먹는 것도 힘들고, 숨 쉬는 것도 힘들다.

어느 날 나는 산책이 힘들지 않다고 나한테 말해 주었다. 나는 이 뜨거운 햇살 아래의 산책에 익숙하고, 이 산책이 내가 할 수 있는 마지막 자유라고도 말해 주었다. 산책하는 시간이 아름다운 시간이라는 것도 안다. 데니슨 아줌마가 이제 여기 없는 것, 엄마에게 연락이 오지 않는 일, 이 모든 일들과 상관없이 아름다운 것은 아름다운 채로 있다는 것도 알겠다.

새는 없고 새장만 차곡차곡 쌓여 있는 집에는 아직도 빈 새장만 있다. 너무 오래, 너무 완고하게 새장들만 버티고 있는 모습을 이제 더 보고 싶지 않다는 생각이 든다. 이 새장에는 라구나 언덕의 망고나무 숲 같은 생명이 없어서 그런 것인지도 모르겠다.

나한테 붉은 입속을 드러내고 침을 질질 흘리던 검은 사냥개 두 마리가 있는 집은 조용하다. 아마 개 주인이 시원한 집 안으로 개들을 불러들여 쉬게 하는지도 모른다. 이제야 이야기지만 그 개들에게는 휴식이 필요하다.

영국 국기가 걸려 있던 집에는 오늘도 영국 국기가 걸려 있다. 역시 오늘도 사람은 보이지 않는다. 유학생들 중에도 이 집에 누가 사는지 본 사람은 없다고 한다. 하지만 누군가 사는 것은 확실하다. 밤에는 국기가 내려지니까.

저 집 안에서 누군가 나를 내다보고 있는지도 모른다. 이 집은 모든 창문에 선팅을 해 두었기 때문에 밖에서 안을 들여다

볼 수는 없다. 하지만 안에서는 밖을 볼 수 있다. 어쩌면 집 안의 사람들은 지금 나를 보면서,

'저 얘가 또 우리 집을 살피네?'

하고 있는지도 모른다.

살라망고 아줌마네 마당은 요즘처럼 뜨거운 날이면 한밤중보다 더 조용하다. 환한 암흑 같다. 닭들도 마당의 두리안나무 그늘 아래 모여 땅에 배를 깔고 엎드려 있다. 내가 다가가자 어미 닭이 잠깐 일어서서 땅바닥을 몇 번 뒷발질로 고르더니 다시 엉덩이를 흔들면서 자리를 잡고 앉는다. 살라망고 아줌마는 보이지 않는다. 어쩌면 낮잠을 자고 있는지도 모른다.

데니슨 아줌마가 살던 집 쪽으로는 가지 말아야겠다. 이렇게 환하고 뜨거운 대낮에 아줌마도 없는 집 앞을 지나가는 건 너무 잔인한 일 같다. 데니슨 아줌마가 살던 집에는 밤에 가 볼 것이다.

이제 그만 모넷가로 돌아가서 무니를 껴안고 낮잠을 좀 자야겠다. 사모님이 요즘처럼 뜨거울 때는 될 수 있으면 산책하지 말라고 했는데 사모님 말을 듣는 편이 낫겠다.

낮잠을 좀 자고 일어났는데 아직도 혼자다. 아직 아무도 오지 않았다. 낮잠을 자다 깨서 혼자 있는 것을 알 때만큼 무서운 적

은 없다. 하지만 무니를 보니 곧 라구나 벨 에어에 다니는 아이들이 올 시간이 되었다. 좀 안심이 된다. 공립학교에 다니는 아이들은 벨 에어 아이들보다 조금 늦게 올 것이다. 그러면 집 안은 시끌벅적해질 것이고, 조금 더 지나면 해가 지고 산책하기 좋은 시간이 올 것이다.

사모님이 또 불렀다. 저녁 식사 후에 아이들이 모두 빠져나가고 조용해진 식당에 사모님과 마주 앉았다. 사모님이 노란 망고를 길게 갈라서 가운데 오징어 뼈 같은 씨앗이 들어 있는 부분은 빼고 안쪽에 가로세로 칼집을 넣어 나눈다. 그러고는 살짝 뒤집어서 내 앞으로 밀어 준다.

"곧 여름방학이라 서울 가는 아이들 많은 거 알지?"

"네."

"너도 그때 같이 돌아가면 좋지 않겠니?"

나는 입을 꽉 다문다. 그러자 사모님이 그 어느 때 보다 난처한 표정으로 나를 본다. 사모님이 그렇게까지 난처해하는 건 처음 본 것 같다. 사모님이 곧 내 손을 꼭 잡아 주면서 일어설 때 나는 더 이상 버텨서는 안 된다는 생각이 들었다. 그래서 아주 조용히 말했다.

"연필하고 종이 주세요."

사모님이 서둘러 메모지와 펜을 내 앞으로 내민다. 나는 파란색 메모지에 외할머니 연락처를 꼼꼼하게 적는다.

내가 알려 준 외할머니 연락처를 받아 들고 나서도 여전히 난처해하는 사모님을 뒤로 하고 혼자 모넷가로 돌아오는 길은 너무 멀었다.

밤이 되자 나는 몰래 집을 빠져나왔다. 사라인선 언니는 친구를 방문하러 마닐라에 가고, 블랑카는 잠들어 있다. 하늘에는 달이 떠 있고 살라망고 아줌마네 마당은 조용하다. 어둠 속에서 닭들이 '꼬로록'거리는 소리가 난다. 어쩌면 나를 알아보고 자기들끼리 내는 소리인지도 모른다. 아무튼 나한테 아는 체하는 소리로 들린다.

나의 고독한 두리안나무 숲에 사는 살라망고 아줌마를 내마음속에 영원히 기억할 수 있도록 아주 꼼꼼히 둘러본다. 서울로 가거나, 어쩌면 여기 라구나에서 아떼 생활을 하게 되거나, 아니면 필리핀을 떠돌아다니게 되거나, 어쩌면 운이 좋아서 대학생이 된 후에, 아니 대학생이 되지 못하고 그저 그런 어른이 되어서 시시껄렁하게 살아가더라도, 지금 이때를 생각해 봤을 때 '그때, 나의 고독한 두리안나무 숲과 그 숲에 사는 살라망고 아줌마가 있었지.' 하고 떠올릴 수 있도록.

두리안나무가 만들어 준 그늘 아래 붉은 맨땅에서 아줌마가 빨래를 널고, 한가한 고양이가 녹슨 세탁기 위에서 잠자고, 경계심 많은 닭 부부가 병아리들을 데리고 땅을 뒤지던 '나의 고독한 숲'. 세상 어느 한구석에 내가 사랑하고, 그래서 매일 와서 보고, 마음에 담던 숲이 있다는 생각만으로 나는 아주 바닥까지 불행해지지는 않을 것이다.

데니슨가 14호는 이제 없다. 집이 아니라 무슨 우주의 구멍 같다. 이곳에, 한때 내가 좋아하던 아줌마가 살았었다. 내가 좋아하던 그 아줌마와 함께 라구나 언덕에 또 가 보고 싶었다. 거기 언덕에 서서 망고나무 잎사귀들이 바람에 몰려 나가는 소리를 또 듣고 싶었다. 데니슨 아줌마가 그 말을 했을 때부터 그랬다. 아줌마가 함께 살자고 했을 때, 그때 내가 아줌마한테

'왜 나랑 함께 살고 싶어요?'

하고 따졌을 때, 아줌마가 대답 대신

'살아가려면, 사랑이 필요하잖니.'

답했을 때, 그때부터 아줌마와 라구나 언덕에 다시 가 보고 싶었다. 아줌마도 나와 함께 라구나 언덕에 또 가자고 했었다.

정문을 빠져나가려면 셰익스피어가를 지나가야 한다. 셰익스피어가 집에는 아직도 파랗게 불이 밝혀져 있다. 제임스와 사모님은 늘 자정을 넘길 때까지 무슨 일인가를 한다. 우리 엄마도 늘 자정이 넘도록 무슨 일인가를 했었는데, 지금은 어떻게 하고 있는지 모르겠다. 엄마가 너무 늦게까지 일하지 말고, 오늘은 좀 일찍 잘 수 있었으면 좋겠다.

오늘따라 크고, 둥글고, 노란 달이다.

개미보다 더 조용히 빌리지 정문 옆, 보행자 통로를 빠져나가는 나를 보는 것은 오직 저 달뿐이다. 이 시간이면 가드들도 나 같은 아이 하나가 보행자 출입문을 빠져나가는 것쯤은 신경 쓸 겨를이 없다. 정문을 통과하는 차량들을 확인하는 일만으로도 바쁘니까.

뒤도 돌아보지 않고 정문에서 한참 걸어 나왔다. 가드들의 시야에서 완전히 벗어났다는 생각이 들자 뒤를 돌아본다.

산타로사 빌리지는 습기와 스모그 속에 엎드려 있다. 정문으로 차가 한 대씩 빠져나오고 들어갈 때마다 빌리지 옆구리에서 가스 같은 한숨이 새어 나오는 것만 같다.

데니슨 아줌마는 혼자 라구나 언덕에 다시 갔을 것이다. 데니슨 아줌마가 서 있던 그 자리에 나도 서 볼 것이다. 그렇게라도 해야 한다. 그래야 내가 서울로 돌아가서도 아줌마를 잊지 않게 될 테니까.

라구나 언덕 위에도 달빛이 비치고 있을 것이다. 달빛 아래 망고나무 잎사귀들이 일제히 바람에 흔들리고 있을 것이다. 나는 라구나 언덕으로 간다.

싸. 싸. 싸. 싸아―.

벌써 언덕의 망고나무 잎사귀들이 바람에 몰려 나가는 소리가 들린다.

두리안나무 숲의 고독한 나

구효서 | 소설가

'외롭게' 버려진 유니스가 '고독한' 두리안나무 숲과 망고나무 숲에 이르는 여정. 이것이 이 소설의 구조 아닐까. 그 여정은 성숙의 길이기도 하다. 학교에 못 가고 혼자 외로이 거니는 데니슨 거리, 모넷 거리, 셰익스피어 거리 등 유니스의 성장 앞에 예비 되어 있는 길이다.

그 길을 나서는 유니스를 보자. 엄마와는 연락이 안 되고 생활비 송금이 끊겼고 학교도 잘렸다. 하숙집 주인 제임스의 배려로 아직은 산타로사 빌리지에 머물고 있지만 언제까지 머물 수만은 없을 터. 하숙집 사모님이 자꾸 묻지 않던가. 어떻게든 한국에 연락을 취해 보라고.

앞은 막막하고 애들은 다 학교에 가는데 혼자 남아 심심하고 아득한 하루를 견뎌야 하는 유니스, 보통 외로운 게 아니다. 버려진 거잖은가. 이런 외로움이라면 잘못하다 죽을 수도 있다. 죽기 아니면 살기로 외로움을 견뎌야 하는데, 화학 반응은 바로 이럴 때 일어난다. 절박할 때.

고독이라는 건 외로움과 달라서, 힘들어도 묵묵히, 비장하게 살아남게 하는 힘이 있다. 이름 하여 고독인 것이고, 아주 매력적인 아픔이다. 이 매력적인 아픔은 수없이 말해도 알 수 없다. 겪어 봐야 도달할 수 있는 것이다.

유니스는 지금 사면초가의 상황에 있는데, 제임스는 한술 더 떠 산타로사 빌리지를 벗어나지 말란다. 위험하니까. 영어도 제대로 못하고, 따갈로그어는 아주 못하는데 밖에 나가면 헤맬 테니까. 게다가 무장한 반군까지 있는 나라에서.

여기서 '언어에 미숙하다는' 설정이 참 절묘하다. 배경을 필리핀으로 한 것도 그래서일 터. 언어란 약속이고 질서이지 않던가. 유니스는 그것에 미숙한 것이다. 그래서 제임스는 유니스가 집에 있어야 한다고 말한다. 집에 있어야 한다는 것도 지켜야 할 약속이고 질서인 셈이다.

질서와 약속을 지킨다는 건 첫째, 언어에 익숙해져야 한다는 뜻이고 둘째, 유니스가 산타로사 빌리지를 이탈하지 말아야 한다는 뜻이다. 통제를 따라야 한다는 것. 그런데 유니스는 살살 이탈한다. 언어 소통이 여의치 않아 위험이 닥칠 수 있고, 말을 안 들었으니 산타로사 빌리지에서 쫓겨날 수도 있다. 그런데도 유니스는 약속과 질서를 어긴다. 슬슬 자기의 길을 나서기 시작했다는 뜻이다. 열세 살이니까.

언어란 단순히 소통을 위한 도구만이 아니다. 세상은 언어로 이루어져 있다고 해도 과언이 아니다. 세상이 곧 언어라는 거지. 언어가 곧 세상이고. 그러니까 새로운 언어를 알면 새로운 세계가 보인다는 말이다. 그러기 위해서는 새로운 언어를 익히는 것도 중요하겠지만, 더 중요한 것은 익힌 언어(약속과 질서)마저 벗어나는 것(위반)이다. 그러지 않고는 새로운 세상을 볼 수 없다. 유니스가 지금 그러고 있는 것이다. 익숙하지 못한 언어로. 제임스의 숙소를 이탈해 길을 나서지 않는가. 과연 열세 살답다.

그곳에 무엇이 있을까? 바로 두리안나무 숲이 있고, 망고나무 숲이 있다.

유니스의 길이 '산타로사 빌리지'에서 '숲'으로 닿아 가는 거라면 그것은 곧 외로움의 세계에서 새로운 고독의 세계로 향하는 것이다. 왜냐면 그 숲에는 새로운 것들이 많이 있으니까. 이전에는 보지 못했던 것들이 보이기 시작하니까. 그것이 새로운 세상이 아니고 뭐겠는가.

그러나 새로운 세상은 아주 찬란하게만 보이는 것은 아니다. 찬란하리라는 기대는, 아직 벗어나야 할 언어에 갇혀 있는 사람들이

나 꿈꿀 일이지.

학교에 가서 책 속에 머리를 처박고 있는 애들에게 새로운 게 보일 리 없다. 유니스도 엄마가 돈을 잘 송금했다면 비싼 라구나 벨에어 학교에서 국제변호사나 외교관을 꿈꾸며 열심히 책 속에 고개를 처박고 있었을 것이다. 다들 아는 익숙한 세계. 남을 제치고 성공하려는 욕망의 세계. 약속과 질서라는 이름으로 통제 받는 세계. 거기엔 새로운 숲이 없다. 싸 싸 싸 싸아ー. 이런 싸아한 바람이 없는 것이다. 구원 같은 것도 없을지 모른다.

유니스의 숲에 무엇이 있는지 보자. 찬란할 건 없지만 그렇다고 찬란하지 못할 것도 없다. 성질 고약한 닭 한 쌍이 있다. 녹슨 세탁기 위에 잠자는 고양이가 있고, 두리안나무와 두리안 열매가 있다. 저쪽에 빈 새장들이 쌓여 있고, 빨래가 있고, 바람이 있고, 햇살이 있다. 살라망고 아주머니가 있고 에스파냐 시인 아저씨도 있다. 옆옆 집에는 데니슨 아주머니가 외로이 산다.

부지런히 학교를 오갔다면 볼 수 없는, 무료한 한낮에만 얼굴을 드러내는 새로운 세계를 유니스는 만나기 시작한 것이다. 새로운 세계를 구성하는 것들, 닭, 고양이, 두리안나무, 망고나무, 데니슨 아주머니, 살라망고 아주머니, 라니와 라니의 친구, 사라인선, 블랑카, 미키윤수 등……. 숲은 숲이되 숲 이상의 숲이 되는 것. 초월적인 사랑이랄까. 그런 게 살살 끼어든다. 어디서 온 사랑일까. 숲에서 뿜어져 나오는 생명의 피톤치드 같은 것. 진정한 숲의 발견.

그것은 나의 발견기도 하다.

새로운 나를 만나려면 한번은 분열해야 한다. 그래야 이전의 나와 이후의 나 사이를 통과하지. 나는 나다, 라고 버티면 변화는 없다. 발견도 발전도. 인체의 세포가 번식하고 자라야 성장을 하지 않던가. 그걸 세포 '분열'이라고 하는 까닭을 알아야 한다.

사랑에 대해 말하고 싶다. 그러려면 사회관습적인 언어 체계인 '랑그'와 특정한 개인에 의해 발음되는 '파롤'을 인용해야겠다. 말이란 게 그렇게 나뉜다는 거다. 예를 들어 누군가 아버지라고 말하면 누구나 ㅇ, ㅏ, ㅂ, ㅓ, ㅈ, ㅣ로 알아듣고 아버지를 떠올린다. 사회 관습 체계니까. 약속이니까. 질서니까. 그런데 사실은 사람마다 똑같이 발음하지도 않고 똑같은 아버지를 떠올리지도 않는다. 그래서 그걸 개별 발음이라 하는 것이다.

랑그와 파롤의 언어적 개념은 보편과 개별, 일반과 특수의 관계와 비슷하다. 무언가 균형을 이루려면 보편에는 개별이, 개별에는 보편이 필요한 거겠지. 그러니까 랑그적 세상이라는 게 있다면 파롤적 세상이라는 것도 있다는 말이다.

아까 언어는 약속이고 질서라는 말을 했다. 세상은 약속과 질서 보편과 랑그로만 이루어진 게 아니라 우연과 일탈, 개별과 파롤이 그 한바탕을 이룬다는 거다. 나이, 국적, 사회, 인종, 언어……. 그 보편이란 이름의 질서 쪽으로만 집중된 병을 개별과 일탈로 분열시켜야 치유될 수 있다는 것. 여기에 조심스럽게 사랑 이야기가 나온다.

사실 개별과 일탈과 분열 쪽은 사랑의 눈으로 살펴 접근하지 않으면 문제만 일으키는 나쁜 어떤 걸로 보일 수 있다. 두리안나무나 망고나무만 해도 그렇다. 보기에 따라 그것은 발 고린내 나는 흉한 열매를 매다는 나무일뿐이다. 살라망고 아주머니는 엉덩이만 큰 무식한 가정부처럼 보이고, 데니슨 아주머니는 나쁜 짓을 하고 외국으로 도망쳐 온 영화배우일 테니까. 식물이든 인간이든 사회든 뭐든, 정체성이라는 건 누가 어떻게 보느냐에 따라 달리 규정되는 것이다. 사랑이 절실하게 필요한 이유다.

언어(질서) 없이 소통한다는 것은 언어(랑그) 없이 존재한다는 것이요, 언어(조건) 없이 사랑한다는 것이다.

사랑이 저만치 보이면 이제 외로움은 고독이 되고, 언어는 작은 질서에서 벗어나 큰 질서를 향하며, 정체성은 알을 깨는 분열을 거쳐 통합된다. 이걸 변화라 부르든 발전이라 부르든 성장이라 부르든 뭔 상관이겠는가. 중요한 건 그사이에 우리가 얻는 소중한 사랑의 가치다. 멋진 색의 독일산 볼보 승용차와 공부 잘하는 두 딸을 가졌으면 뭐할까. 데니슨 아줌마는 스스로 머리에 총을 쏘지 않았던가. 사랑이 없으면 죽음이다. 그러니 사람을 살리는 것도 사랑.

우리의 유니스는 그걸 알았으니 이제 흔들리지 않을 것이다. 데니슨 아줌마가 죽었다는 소식을 듣고도 숟가락을 떨어뜨리거나 소리를 지르지 않고, 놀랄 만큼 침착하게 앉아서 밥을 먹지 않던가. 사랑과 고독을 목격한 자의 강인함이란 그런 거지.

그 사랑을 오래오래 간직하기 위해 유니스는 기도한다. 두리안나무 숲에 사는 살라망고 아줌마를 마음속에 영원히 기억할 수 있도록 해 달라고. 살라망고 아줌마뿐이겠는가. 두리안나무 숲이 된 모든 이, 모든 존재를 위해 유니스는 기도할 것이다. 그리고 유니스는 다짐한다. 마음에 담았던 숲이 있다는 생각만으로 아주 바닥까지 불행해지지는 않을 거라고. 살아서 사랑할 거라고. 아주 고요하게라도……. 된 거다. 유니스는 고독한 두리안나무 숲에 당도한 것이다.

유니스는 버려졌었다. 사실 모든 영웅은 버려지지. 그런데 영웅의 진정한 의미는 뭘까. 편견의 암막에 가려졌던 자신의 본성을 만난 자다. 자신으로 돌아온 자. 그러니 열세 살도 충분히 영웅이 될 수 있는 것이다. 어머니의 부재는 유니스에게 불안과 외로움을 유발하지만, 궁극에는 고독의 숲에 이르게 하는 영웅의 필요조건이었다.

실재적으로 말하면 엄마는 이데아일 것이다. 추구를 멈출 수 없는. 그것은 외로움의 강 저쪽에 있다. 쉽게 강을 건널 수 없다. 하지만 절박하고 절실하면 닿게 된다. 건너는 게 아니라 스스로 강이 되어 강 저편 닿는 것. 외로움의 강을 건너기 위해 스스로 강이 되었다면 이제부터 그 강의 이름은 고독이다. 두리안나무 숲에 다 다르는 일은 스스로 두리안나무 숲이 되어버리는 것이다. 내가 엄마가 되는 일. 엄마를 찾는 일은 거기서 완성된다. 사랑으로.

유니스는 터벅터벅 저 세상으로 묵묵히 걸어 내려가, 비장하게 삶의 짐을 다시 짊어질 것이다. 왜 그러냐고 묻는 우리에게 유니스는 말할 것이다. 묻지 마라!

그때 유니스를 둘러싸는 것은 다만 바람뿐이겠지. 시원한 바람이 유니스의 뺨과 머리카락을 향기롭게 스칠 것이다.

싸 싸 싸 싸아—.

유니스 이야기를 쓰면서 나는 줄곧 이 말을 품고 있었다.

'쉿, 고요히' 귀 기울여 보세요. 여기 필리핀 라구나 지역 한 빌리지에 유니스가 있어요. 멀고 낯선 세상에 혼자 떨어져 있는 여자아이. 아무도 모르고, 누구도 관심 가져 주지 않는 아이. 하숙집친구들이 모두 학교에 있는 시간에 혼자 빌리지 안을 걸어 다니는유니스가 있어요. 소리를 죽이고 고요히 귀를 기울이지 않으면 들리지 않는 아주 작은 목소리. 유니스가 여기 있어요.

유니스 이야기를 쓸 때 나는 마치 내가 유니스가 된 듯했는데,그때 기억이 너무 생생해서 내가 유니스인지 유니스가 나인지 헷갈릴 때도 있었다. 유니스는 지금도 내가 혼자 있을 때면 말을 걸어온다. 뭔가 할 이야기가 더 있다는 듯이.

『나의 고독한 두리안나무』는 이 책이 처음에 출간될 당시 붙여진 제목이다. 이 제목도 좋았다. 그리고 책의 제목이란 건 그리 중요한 게 아닐 수도 있다. 그렇지만 나는 유니스의 숨소리가 스며든 것만 같은 '쉿, 고요히'라는 원래 제목을 내내 잊지 않고 있었다. 책의 원래 제목을 찾아 주면 좋겠다고 생각하고 있었다. 이런 내 생각을 소중하게 여겨 준 여 편집장님께 감사한다.

박영란